**COTIDIANO
entre linhas e letras**

A RUA É MEU QUINTAL

Tânia Alexandre Martinelli

4ª edição

Ilustrações:
Lucia Brandão

Copyright © Tânia Alexandre Martinelli, 2000.

SARAIVA Educação S.A.
Avenida das Nações Unidas, 7221 – Pinheiros
CEP 05425-902 – São Paulo – SP – Tel.: (0xx11) 4003-3061
www.coletivoleitor.com.br
atendimento@aticascipione.com.br
Todos os direitos reservados.

Dados Internacionais de Catalogação na Publicação (CIP)

Martinelli, Tânia Alexandre,
A rua é meu quintal / Tânia Alexandre Martinelli; ilustrações Lucia Brandão. — São Paulo : Atual, 2009. — (Entre Linhas e Letras: Cotidiano)

Inclui roteiro de leitura.
ISBN 978-85-357-0078-7

1. Literatura infantojuvenil I. Brandão, Lucia. II. Título. III. Série.

CDD-028.5

Índices para catálogo sistemático:

1. Literatura infantojuvenil   028.5
2. Literatura juvenil   028.5

Série **Entre Linhas e Letras**

Gerente editorial: Wilson Roberto Gambeta
Editor: Henrique Félix
Assessora editorial: Jacqueline F. de Barros
Coordenadora de preparação de texto: Maria Cecília F. Vannuchi
Revisão de texto: Pedro Cunha Jr. e Lilian Semenichin (coords.)/Célia Demarchi/Aline Araújo

Gerente de arte: Edilson Felix Monteiro
Chefe de arte: José Maria de Oliveira
Diagramação: Adriana M. Nery de Souza

Colaboradores
Projeto gráfico: Glair Alonso Arruda
Preparação de texto: Maria Cecília Kinker Caliendo
Roteiro de leitura: Arlete Aparecida Betini
Produção gráfica: Rogério Strelciuc
Impressão e acabamento: Forma Certa

17ª tiragem, 2021

CL: 810404
CAE: 576010

SUMÁRIO

O quintal **5**

Vida dura **7**

Setembro, na rua **9**

Em casa **13**

De volta à escola **16**

Cobranças **20**

A mãe, o pai e o padrasto **24**

Tentativa **27**

Frustração **29**

A escola **32**

Mais promessas **34**

Dor **36**

Paulinho **39**

Na rua de novo **44**

Nova amizade **50**

A conversa **55**

Outro bate-papo **59**

A reunião **62**

Uma chance **65**

Pela manhã **67**

Sonhos **69**

Tristeza **72**

O namorado **74**

A carta **75**

Reencontro **79**

Mudanças **81**

Esperanças **84**

Uma nova vida **86**

De volta à realidade **89**

A autora **92**

Entrevista **95**

Para meus pais, meu marido e minhas filhas.

Para os amigos Silmara e Aécio Perroni, que vibram comigo a cada nova conquista.

Para Alice Gimenez e Cristina Moretto Pellisson, amigas sensíveis às questões da nossa existência.

Para as muitas "dona Lúcia" que conheci durante estes anos todos.

O QUINTAL

Eram cinco horas da tarde. Ainda longe de casa, eu queria chegar logo para poder tomar um banho e descansar. Estava morto.

Pelo menos toda aquela correria valera a pena. Tinha enfrentado fila, ficado quase uma hora esperando minha vez, escutando as pessoas reclamarem da demora... mas no final tudo tinha dado certo.

Procurei andar um pouco mais rápido. Atravessei as ruas correndo, quase que a minha pasta com os documentos cai no chão.

Resolvi cortar caminho. Achei ótimo ter aparecido um campinho para eu passar no meio. Daria pra economizar um bom pedaço. E isso significariam alguns minutos também.

Continuei andando rápido, pisando naquele caminho de terra batida onde nem grama nascia mais.

Do outro lado, vinha em minha direção um garotinho de mais ou menos uns dez anos. Estava com um shortinho marrom, descalço e sem camisa. Na mão, uma pipa.

Eu continuava apressado, ansioso para chegar logo, sonhando com um banho bem gostoso.

Quando o garotinho estava bem perto de mim, ele disse:

— Hoje não tá bom pra soltar pipa.

Eu estava com o pensamento longe, mas tão longe que me virei para o menino e falei, num impulso, quase sem querer:

— Hein?

Ele só me respondeu:

— Não tem vento.

E foi embora.

Fiquei acompanhando com os olhos aquele menino miudinho, as costas bem queimadas pelo sol forte de janeiro, levando sua pipa para fora do campinho.

Parei onde estava e olhei ao meu redor. Fazia um tempo bonito, de céu azul, sol, mas, como o menino mesmo havia dito, sem vento.

— Não é mesmo época de vento... — falei para ninguém, pois eu estava sozinho. O menino já tinha ido embora. — Agosto, sim, é bom...

Recomecei a caminhada, mais devagar agora. Alguma coisa me tirava toda aquela pressa.

Não havia calçada em volta do campinho. Só a grama e a sarjeta. Saindo dele a gente já estava na rua. Mas havia algumas pequenas árvores plantadas, acho que pelos próprios moradores, para deixar o campinho com uma cara de praça, sei lá.

Senti uma vontade grande de me sentar ali e deixar que tudo o que estava vindo na minha cabeça, todas as lembranças, tomasse conta de mim.

Um lado meu queria que eu fosse embora, estava supercansado; outro, vinha me trazer uma sensação gostosa de conquista... de tanta coisa...

Aproximei-me da árvore, coloquei no chão a pasta com documentos e me sentei em cima dela. Fazia isso com os meus cadernos de escola. Era sempre assim quando eu queria pensar, estar comigo mesmo.

Fiquei com saudade do meu quintal. Era como eu chamava o campinho que havia perto de casa. O lugar em que eu me sentia livre, solto...

Faz tempo que eu não passo por lá. Não é mais meu caminho de ida para a escola. Deixou de ser meu quintal há algum tempo, ficou para trás.

Lembro que levei uma das cartas da Marcela até lá para ler sozinho, sem ninguém por perto. Sabe que eu achei que ela não fosse me escrever nunca? Também, ela foi embora daquele jeito, sem mais nem menos!

Acho que a última vez que estive no campinho foi com o Paulinho, quando dei a ele de presente... Bem, antes disso aconteceu muita coisa. Muita coisa mesmo. É melhor eu contar como tudo começou.

VIDA DURA

Minha vida era ficar nas ruas. Minha mãe dizia o que estava faltando em casa e eu saía a buscar. Deixava de ir à escola alguns dias e ficava por aí, pedindo nas casas. Era esse o meu dia a dia e eu já estava bem acostumado.

Só que de vez em quando eu tinha que aparecer na escola, pois a professora mandava gente atrás de mim. Aí a mãe ficava louca da vida porque, para ela, escola só atrapalhava.

É por isso que eu fiz o 6º ano três vezes. É que todo começo de ano sempre acontecia a mesma coisa: eu faltava tanto, mas tanto, que acabava perdendo o interesse, e quando chegava lá pra agosto, setembro, eu desistia de vez. Ficava meio por fora, sabe como é? Parecia que era outro mundo, que a escola não era mesmo pra mim.

Às vezes — mas só às vezes — eu me perguntava por que pra um montão de gente ir pra escola era a coisa mais normal do mundo. Pra mim, nada disso era normal. Eu era obrigado a faltar. Se não faltasse, não tinha comida em casa. Ia deixar os manos passarem fome?

Você pode estar se perguntando da mãe. O que é que ela fazia, o que é que ela achava... Mas, como eu disse agora há pouco, pra mãe, escola era um tormento. Eu podia ir de vez em quando, tudo bem, mas em primeiro lugar estava a nossa casa, que nem era bem uma casa.

Escola deixava pra lá. E, quando eu chegava pra ela e dizia que ia desistir, ela só me olhava e falava pra eu fazer o que quisesse. Eu é que tinha que resolver.

Por isso tudo, nunca tive muito estímulo pra estudar. Só a dona Lúcia, a professora de Português do 6º ano, não largava do meu pé. Ela vivia me dando conselhos. Umas palavras que, mesmo eu não querendo, vinham martelar na minha cabeça de tempos em tempos.

Não me lembro quando foi a primeira vez que saí nas ruas pedindo as coisas. Eu era bem pequeno. Costumava achar que isso já fazia parte de mim, da minha vida. Pensava que não existia outro modo de viver e que seria assim para sempre.

Pensa que eu esquentava? Quando a gente se acostuma com uma coisa, tudo parece normal. Hoje eu penso: como é que pode uma pessoa achar que não ir à escola, estar sempre faltando para pedir o que comer possa ser normal? Mas sei que para mim era. Eu não conhecia vida diferente. Não tinha ideia de que as coisas não deviam e não podiam ser assim. Pra falar a verdade, acho que, se não fosse a dona Lúcia, eu ainda estaria pensando daquele jeito.

Não me lembro direito de quando tudo começou. Como falei, eu era bem pequeno. Mas tem uma coisa de que me lembro bem: do dia em que voltei pra escola, depois de mais de duas semanas sem dar as caras.

Eu estava no 6º ano. Pela terceira vez e com treze anos. Hoje tenho dezoito, fiz aniversário no comecinho do ano.

Era o mês de setembro e já estava todo mundo apostando que eu não voltava mais. Não tinha acontecido assim nos dois últimos anos? Pois então.

Acho que não ia voltar mesmo, se não fosse a dona Lúcia. Eu já não estava tão acostumado com essa vida?

Só que algumas coisas foram acontecendo e, a partir daí, fui começando a definir mais ou menos o que eu queria e o que não queria também. Fui começando a ver que a vida poderia ser de outro jeito. Fui percebendo que só conhecia um lado das coisas e estava na hora de conhecer o outro.

SETEMBRO, NA RUA

— Tia, tem alguma coisa pra dar?

— Hoje, não.

Eu já ia juntando as duas sacolinhas do chão, quando a mulher colocou de novo a cara na janela.

— Cadê sua mãe?

— Tá em casa — respondi. — Cuidando dos outros.

— E você não tinha que estar na escola a essa hora, não?

— É que... não tem aula hoje...

— Sei...

Eu ainda fiquei olhando a mulher por alguns segundos, aguardando sua próxima pergunta. Também não sei por que fiquei ali parado. Eu estava esperando o quê?

Como o assunto parecia encerrado, comecei a caminhar.

— Espere um pouco aí — ela falou.

Eu obedeci. Coloquei novamente as sacolas no chão e fiquei aguardando. Pouco depois, a mulher da janela apareceu no portão.

— Tome. — Ela me entregou um pacote de biscoito.

— Obrigado.

— E veja se não falta mais à aula, hein?

Não respondi. Já de costas, sem me virar, apenas ergui a mão e fiz um sinal de positivo com o polegar direito.

O caminho era longo. Mas eu não tinha pressa de voltar pra casa. Gostava de andar bem devagar, olhando o bairro inteiro. Era um dos mais bonitos que eu já tinha visto.

As casas eram todas bonitas. Às vezes eu brincava de fazer votação, assim, qual ganhava da outra em beleza ou tamanho. Só que aí eu ficava confuso, porque era realmente difícil de escolher. Coisa de criança...

Sempre que passava por ali, eu me perguntava como seria morar numa casa de verdade, ter um cômodo separado do outro, onde a cozinha pudesse ser a cozinha; o quarto, o quarto; a sala, a sala... Pensava nisso o tempo todo em que eu andava, lembro bem.

Havia uma casa que sempre me chamava a atenção. Toda vez. Era pra ela que eu olhava mais tempo. Ficava numa esquina. Eu tinha acompanhado a obra desde o primeiro dia, desde que chegara o primeiro caminhão com o material da construção. Eu gostava à beça de ficar observando.

Um dia até um dos pedreiros percebeu. Perguntou por que é que eu sempre estava ali, parado.

— Gosto de olhar, só — respondi pra ele.

A cada dia que passava, ela estava diferente. Sempre um detalhe ou outro iam aumentando a sua beleza e me deixando ainda mais impressionado com a sua arquitetura gigantesca.

No andar de cima, as sacadas, com as janelas de vidro fumê. Como eu queria ver minha cara refletida num vidro tão bonito!

E o jardim, então? Coisa de filme! Enorme, sem nenhuma separação entre ele e a calçada. Parecia uma coisa só. O dono tinha colocado umas pedras no meio da grama para as pessoas passarem sem amassar aquele verde bonito. Como passar sem dar uma paradinha pra ficar olhando?

Um dia percebi que já tinha gente morando, deu pra notar movimento na casa. Ela finalmente estava pronta. E era linda demais! Sabe que até hoje foram poucas as casas que me impressionaram tanto?

Eu ficava imaginando quem seriam os moradores, o que é que eles faziam o dia inteiro... Seriam médicos? Ou um empresário superocupado? Poderia ser tanta gente...

Ficava me imaginando morando numa casa daquelas, com piscina e tudo. Ainda mais eu, que adorava nadar. Quer dizer, gosto até hoje, mas não tenho mais muito tempo. Naquela época eu ia às vezes ao riozinho perto de casa, lá na matinha. Nem achava tão perigoso. A molecada da rua ia e eu ia junto.

Enquanto observava a casa e ficava pensando em todas essas coisas, escutei alguém chamando pelo meu nome:

— Bruno!

Eu me virei e dei de cara com o Carlinhos, um garotinho dois anos mais novo que eu. Morava lá perto de casa.

— Ô Bruno! Faz meia hora que eu estou te chamando! Se não dou uma corrida... Não me ouviu, não?

— Não. Estava distraído... — falei, sem dar muita bola. — Você notou cada casa bonita que tem por aqui? Essa, então! — Ergui os olhos mais uma vez.

— Claro que já. Lá vem você de novo com essa história de casa! Que fissura, cara! Meu pai é pedreiro. E pedreiro dos bons. Ele sabe fazer tudo isso aí, ó.

— Queria ser engenheiro... — pensei alto. Não era pro intrometido do Carlinhos escutar. Mas escutou. O moleque tinha um ouvido!

— Engenheiro? Ah! Tá doido? Cai na real, Bruno!

— Ué? Quem sabe? — me defendi do sarrinho dele.

— Nem estudar você estuda direito, meu! Aliás, é por isso que te chamei.

— Isso o quê?

— Ontem, a sua professora foi até a minha classe perguntar de você outra vez. Falei que você tava doente, mas acho que essa desculpa não tá colando mais, não. Acho bom você aparecer...

— Não devo nada a ninguém — falei. — Ela não tem nada a ver com isso. Se tivesse que ter alguém pra me torrar a paciência, esse alguém seria a minha mãe. — Demorei um pouco e depois continuei: — E ela não está nem aí.

— É, mas pode dar rolo. Ela disse que vai chamar sua mãe lá.

Fiquei furioso. Eta pessoal mais intrometido!

— Mas chamar minha mãe pra quê? Não tô fazendo nada escondido! Que pegação no pé!

— É que a gente não pode ficar na rua. Você não ouviu o que aquele homem falou, não?

— Homem? Que homem? — Fingi que não fazia a mínima ideia.

— Aquele do Conselho Tutelar. Não lembra, não?

— Não tô lembrado de nada!

Catei as sacolas do chão e comecei a andar. O Carlinhos atrás de mim. Que coisa! O garoto não percebia que eu não estava nem um pouco a fim de conversar sobre aquele assunto. Ele insistiu:

— Você não se lembra do que aconteceu com o Jonas?

É claro que eu me lembrava do que tinha acontecido com o Jonas. Era meu vizinho, ora essa!

No começo do ano, o Jonas não frequentava a escola. Estava matriculado, mas não tinha aparecido nem no primeiro dia de aula. O Conselho Tutelar foi avisado e fez com que ele voltasse. Mesmo tendo faltado quase um bimestre inteiro!

As coisas andaram mudando bastante lá na escola em que eu estudava. Nos dois anos em que fui reprovado no 6º ano, ninguém chegou a ir atrás de mim porque eu tinha parado de estudar. Hoje eu acho certo tudo isso, mas antes não achava, não. Nem um pouco, pra falar a verdade. Tinha mesmo raiva de todo esse pessoal que ficava se metendo na vida da gente.

Depois que o Carlinhos terminou de dizer tudo aquilo que eu já sabia, parei de andar, encarei o garoto bem de perto e falei, já meio sem paciência:

— Olha aqui, Carlinhos. Eu não sou o Jonas e não larguei a escola, tá legal? Só que de vez em quando eu preciso faltar. Só isso. E ninguém tem nada a ver com a minha vida! — falei alto, principalmente essa última frase.

— Eu sei, eu sei! — defendeu-se. — Mas a escola não pensa assim, não.

Não falei mais nada, só me virei e comecei a caminhar outra vez.

Enquanto eu andava e o Carlinhos me seguia, fiquei pensando que, se eu aparecesse alguns dias, quem sabe a professora e a diretora sossegassem por mais um tempo... Eu não queria que viesse ninguém do Conselho Tutelar atrás de mim.

— Bom, Carlinhos — falei, já mais calmo —, amanhã eu acho que vou. Já consegui bastante coisa hoje, dá só uma olhada! A mãe vai ficar contente.

— Então, eu passo lá na sua casa e a gente vai junto. Dá uma bolacha? Tô com uma baita fome...

EM CASA

Cheguei em casa com as duas sacolas cheias. Despejei tudo em cima da mesa e os manos avançaram. Foram pegando sem muito cuidado, separando o que era pra mãe cozinhar. Sempre tinha um pacote de macarrão, uma lata de óleo... Do resto, devoravam tudo de uma só vez, com medo de que no dia seguinte não tivesse nada.

A vida lá em casa era assim. Eu até já estava acostumado, sabia que a gente sempre dava um jeito. Mas os manos, não. Comiam tudo o que a barriga conseguia aguentar porque, pra eles, só Deus sabia se voltariam a comer no dia seguinte.

A mãe estava catando as coisas pra cozinhar, quando eu quebrei o silêncio. Silêncio, em parte. Naquela hora havia o barulho gostoso dos pacotes de biscoito se abrindo. Os manos estavam fazendo a maior festa.

— A professora disse que eu tenho que ir — falei.

A mãe não disse uma palavra, só me olhou assim, meio ressabiada. Eu sabia bem o que ela estava pensando. Eu podia mesmo adivinhar tudo o que se passava na cabeça dela.

A mãe não era bonita. Sei lá se chegou a ser um dia. Ela era uma mulher gorda e, pra falar a verdade, bem desajeitada. Morena, os olhos bem pretos, os cabelos da mesma cor, curtos e desfiados. Ela não ligava a mínima para a aparência.

Dizem que saí meio parecido com ela. Cabelos e olhos pretos, a pele bem queimada do sol. Só não sou gordo, pelo contrário, até bem magro. Não sei se tenho alguma característica do meu pai, uma vez que nem cheguei a conhecê-lo.

Às vezes, eu me perguntava por que a mãe nunca quis ficar mais bonita. Será que o meu pai a achava bonita no tempo em que viviam juntos? Não tenho certeza se ele ao menos chegou a gostar dela.

A mãe nunca foi de ficar falando suas coisas pra mim. Estava acostumado apenas a receber suas ordens. Não pense que eu gostava muito disso. É que, apesar de tudo, era ela a chefe da casa, quem falava o que estava faltando, o que precisava arrumar logo... essas coisas. E eu obedecia, porque sabia que ela precisava de mim. Ela e os meus irmãos.

Olhei a mãe de novo, de costas pra mim, no fogão. Insisti na conversa.

— Faltei muito, mãe. Desse jeito vou repetir de novo.

Falei aquilo por falar. Não que, naquela hora, eu estivesse realmente me importando com isso. Acho que queria ver a reação dela. Aposto que ia me mandar resolver esse problema sozinho. Que eu fizesse aquilo que achasse certo. Era sempre assim mesmo!

A mãe primeiro olhou para os meninos. Depois para mim. Falei outra vez:

— Eles tão dizendo que vão chamar a senhora lá na escola pra se explicar, que...

— Pode ir, meu filho — ela me cortou. — Mando o Paulinho pra rua amanhã.

"O Paulinho ir pra rua no meu lugar? A mãe deve tá louca!", pensei.

— O Paulinho não, mãe! É muito pequeno! Um carro pode até pegar ele quando for atravessar a rua e...

— Fica sossegado, Bruno. Vai pra tua escola que o Paulinho, graças a Deus, ainda não tá na idade. Depois que chega a hora, vira esse inferno!

— Mas mãe! Eu já consegui bastante coisa! Olha só!

Eu não queria que o Paulinho fosse pra rua no meu lugar. Ele era muito pequeno, miudinho mesmo. Se eu soubesse, não tinha aberto a boca. A escola que mandasse quem ela quisesse lá em casa. Eu não estava nem aí!

— Não me desobedeça, Bruno! — a mãe falou. — O Paulinho vai pra rua. Você vai pra sua escola, e não me encha mais!

Eu saí, pois não queria discutir com a mãe, não adiantava. Ela era cabeça-dura. Quando enfiava uma coisa na cabeça, não mudava de ideia nem com vela acesa!

Só que eu não queria ver o Paulinho andando sozinho por aí. Não estava certo. Disso eu já sabia. O Paulinho não tinha nem seis anos completos ainda, poxa! Ficava pensando que logo, logo a mãe ia querer mandar a Daiane e o Émerson também. Ela só não fazia isso porque a minha irmãzinha tinha três anos e o Émerson, quatro.

Eu pensava em conversar com ela sobre a creche que a professora tinha me falado num outro dia. Ela disse que a mãe podia trabalhar, era só arrumar uma creche para pôr os pequenos.

No fundo, no fundo eu sabia que ela não estava errada. Eu até pensava, às vezes, em falar para a mãe. Achava que a creche realmente podia ser uma boa para os manos. Mas quem disse que eu consegui dizer alguma coisa naquela hora? Desde quando ela me ouvia?

Para mim, só restava rezar para que nada de ruim acontecesse com o Paulinho. Só isso.

DE VOLTA À ESCOLA

Eu gostava da escola, apesar de ser meio turista. Gostava das professoras, dos amigos... Eles eram legais. Na hora do recreio, a gente se divertia pra valer, por isso não achei tão ruim quando fui obrigado a voltar.

Havia apenas uma quadra, descoberta, com um piso já meio estragado pelo tempo. Meio, querendo ser bonzinho.

Fazia uns dois anos que eu escutava o pessoal falar que iam pôr uma cobertura e reformar a quadra todinha. Quando saí de lá, ainda estava tudo do mesmo jeito. Mas era nessa quadra que a gente jogava bola no recreio. Era a nossa maior diversão.

Nesse dia em que eu voltei, percebi que tinha gente diferente na classe.

— Quem é, Ricardo? — perguntei ao meu amigo.

— É a Marcela. Entrou na semana passada. Veio de outra cidade.

Fiquei olhando pra ela de longe.

Marcela tinha os cabelos pretos, compridos e lisos. A franja desfiada ficava jogada no rosto, querendo encobrir os olhos castanhos. Uns olhos brilhantes e expressivos.

— Nossa! Ela é linda, hein? — falei.

— Linda, mas muito doce — Ricardo se limitou a dizer.

— Por quê?

— Sabe dessas garotas todas certinhas? O caderno um brinco, cheio de porcarias coladas nele. Papelzinho de carta num álbum, tudo arrumadinho pra mostrar pras amigas. E quando a professora pergunta alguma coisa, então?

— Que é que tem?

— Levanta a mão devagarzinho e fica esperando a professora olhar pra ela. Parece até que tem medo de falar, poxa!

Não aguentei o jeito de o Ricardo falar, tentando imitar a Marcela. O meu amigo era bastante estabanado. Não estava acostumado a delicadezas. Por isso eu compreendia perfeitamente o porquê de ele achar a Marcela estranha.

— Você sabe, né, Bruno. Detesto frescura — completou.

— Pode ser o jeito dela, Ricardo. Vai ver não é má pessoa.

— Sei não... As meninas daqui não são assim, não...

— É que ela não se enturmou ainda. — Parei de falar por alguns segundos e depois disse: — E, também, por que é que ela deveria ser igualzinha às meninas daqui, hein, seu Ricardo?

— Não é que tenha que ser, "seu" Bruno.

Nós dois rimos.

— Quer saber, Bruno? Não vou perder meu recreio falando daquela frescurenta da Marcela! Vamos jogar bola? Ou já se esqueceu de como se faz isso nesses tempos em que esteve fora?

— Até parece! — bronqueei. — Quem escuta você falar, vai pensar que faz uns seis meses que eu não apareço!

O Ricardo fez uma cara de cínico que me deixou furioso.

— E não é, não?

— Engraçadinho...

— Também, quem quiser saber o tempo exato que você ficou fora é só perguntar pra dona Lúcia. É, meu irmão, ela controla tudo. Tá de olho nas suas faltas...

— Mas que droga! Até você deu pra ficar me azucrinando! Faltei só umas duas semanas e não me dão sossego!

— Duas semanas agora. Duas no mês passado, duas no outro...

— Eu tenho os meus problemas, ok?

— Tá legal! Não está mais aqui quem falou...

Eu queria encerrar aquele papo por completo. Não gostava de ninguém se metendo na minha vida. Nem que esse alguém fosse o meu melhor amigo.

— Ricardo, vamos parar com esse assunto! Quer jogar bola ou não? — continuei. — Tá com medo de perder?

— Eu? Vamos lá que você vai ver!

Fomos para a quadra. Encontramos mais uns amigos que já tinham até formado os times.

Puxa! Como eu sentia saudade daquilo! Fazia um bocado de tempo que eu não jogava bola com eles. Quando estava ali, conversando, jogando bola ou fazendo qualquer outra coisa com os meus amigos, eu me sentia feliz. Eu me esquecia de tudo. Da minha vida lá fora, da mãe que não tinha trabalho... de tudo. Eu me sentia igualzinho a eles. Às vezes achava que era mesmo. Às vezes me sentia um ET.

Nesse tempo em que fiquei pelas ruas, é claro que eu tinha arrumado uma hora pra me divertir. Mas, como os meus amigos estavam na escola, o jeito era fazer uma brincadeira sozinho.

Foi assim que descobri a pipa.

Comprei papel, cola e vareta. Consegui dinheiro olhando os carros estacionados no mercado. Arrumei uma lata velha e enrolei a linha.

Fui até o campinho de que falei. Era o lugar em que eu gostava de correr e de me sentir livre. Livre. Pelo menos por um momento.

Coloquei a pipa no chão e desembaracei o fio. Ergui-a outra vez. Soltei a linha, corri, coloquei-a no ar. Dei alguns passos para trás e dei mais linha, até que ela ganhasse altura. Dei mais, tudo o que tinha na lata e fiquei olhando pra ela, pequenina, quase sumindo nas nuvens. De um lado, o sol; do outro, a minha pipa, diminuindo de tamanho, parecendo uma estrela.

Eu me sentava no chão pra pensar, sempre a olhando no alto, longe de tudo.

Era uma estrela brilhando e somente eu poderia controlá-la. O rumo que ia dar a ela só eu sabia, só eu poderia resolver. Era eu quem dirigia a minha estrela. Mais ninguém.

Se a minha vida fosse aquela estrela o que eu faria?

Eu gostava de olhar a pipa quase sumindo. Às vezes me sentia pequeno assim; às vezes me sentia grande.

Eu queria ser engenheiro. Queria mesmo. Mas eu sabia que o Carlinhos estava certo quando tinha me falado "Tá doido? Cai na real, Bruno!". Eu sabia. Sabia de tudo isso, mas sonhar não custava nada nem fazia mal pra ninguém. Eu também queria morar numa casa como aquela do bairro chique e ter um quarto só meu. E daí? Quem é que mandava na minha cabeça, no meu pensamento, que não fosse eu mesmo?

Eu sabia que era um sonho alto, feito a pipa no céu. E, assim como ela, estava longe, longe, longe... Eu sabia, sim.

COBRANÇAS

O assunto depois do jogo foi a garota nova. E o rumo da conversa ia mais ou menos do mesmo modo como Ricardo havia comentado comigo. Ricardo fazia o possível para ridicularizar o jeito da garota e eu, o possível para defendê-la.

Também não me pergunte por que é que eu tinha resolvido, naquela hora, defender a Marcela. Não tinha nenhum motivo especial, não. É que muitas vezes conheci pessoas que, à primeira vista, achei bacanas e na verdade não eram; que achei insuportáveis, mas depois fui descobrir que eram superlegais. É isso.

Já tinha dado o sinal e, com aquela falação toda, acabamos nos atrasando. Eu, o Ricardo e o Marcos.

A próxima aula era de Português. Com a dona Lúcia.

Quando chegamos à classe, a professora estava aguardando nós três, parada na porta. Por azar, eu era o primeiro da fila. Tentei entrar, como se nada tivesse acontecido, e já estava com o pé dentro da sala, quando ela me segurou.

— Espere aí, Bruno.

— Mas, professora, nós nem estamos tão atrasados assim! — argumentei.

Dona Lúcia olhou para os outros dois.

— Vocês podem entrar, que eu já estou indo.

Eu fiquei acompanhando, com os olhos, os meus amigos se acomodarem em seus lugares. Eu sabia muito bem que a conversa não era sobre o atraso do recreio. Falei aquilo por falar ou talvez para ganhar tempo. Estava certo de que ela não ia deixar passar. E pelo jeito ia ser naquele dia.

— Bruno, agora não dá para nós conversarmos — ela me falou num tom de segredo. — Você não se atreva a ir embora depois do sinal sem me esperar, ouviu?

— É que a minha mãe fica preocupada... — procurei dar uma desculpa.

— Você me entendeu bem, Bruno? — reforçou a professora. Ela fez que nem ouviu o que eu tinha falado.

Não tendo alternativa, eu apenas disse:

— Sim, senhora.

— Se você for embora, vou até a sua casa.

— Sim, senhora.

— Agora pode entrar.

Eu fui para o meu lugar. Mal me sentei na cadeira, Ricardo esticou o pescoço para perguntar:

— Então? O que ela queria com você?

— Ela não disse. Vou ter que ficar depois das aulas pra saber.

— Será que você vai ser expulso? — perguntou Marcos. O Marcos era inteligente, mas tinha hora que ele falava cada besteira!

— Deixa de ser imbecil, Marcão! — falou Ricardo. — A dona Lúcia é professora, não é diretora! Além disso, ninguém é expulso porque falta demais!

Eu ainda fiquei um bom tempo olhando os meus amigos discutirem. Às vezes respondia às perguntas do Ricardo, sem muita vontade. Eu estava mesmo a fim era de ficar quieto, sem conversar com ninguém.

A minha cabeça estava uma confusão. Tanta coisa vinha tirar o meu sossego e me deixar confuso.

Tinha a escola. Eu sabia que não estava certo ficar faltando daquele jeito. O que eu queria pra minha vida? Ficar eternamente na quinta série?

Tinha a mãe que não estava nem aí. Se ao menos ela procurasse um emprego!

Tinha o Paulinho. Você acha que tinha cabimento ele ficar saindo na rua com aquele tamanhinho? Pensando bem, acho que eu devia ter a idade dele quando tudo isso começou.

Tinha a professora. Eu ficava sempre me perguntando o que é que ela tinha que ficar se metendo. Eu achava que ela não tinha nada a ver com a minha vida! Que a obrigação dela era dar aula de Português e não de ficar sondando o que eu fazia ou o que eu deixava de fazer.

Ricardo percebeu que eu tinha mudado, que eu não estava muito legal.

— Nossa, Bruno! Você tá com uma cara... — ele me falou. — Nunca te vi desse jeito, caladão! O que é que tá acontecendo, hein?

Não respondi para ele, mas fui obrigado a responder para a dona Lúcia, depois das aulas. E ela me perguntou a mesma coisa que Ricardo:

— O que é que está acontecendo com você, hein?

— Nada, dona Lúcia.

— Nada?

— É.

— Então eu vou mudar a minha pergunta: você falou à sua mãe sobre a creche?

— Ainda não...

— E posso saber quando é que vai falar?

— É que a mãe não andou muito boa nestes últimos tempos...

— Não andou boa. Tem certeza, Bruno?

— É...

— E o seu pai?

— E eu sei lá do meu pai? Nem conheço ele!

— Mas você tem um padrasto, não tem?

— Ah... é o pai dos meus irmãos.

— Então? Onde ele está?

— Largou a gente já faz um tempo. Um dia ele saiu como sempre fazia e não voltou mais.

— Bruno, preste atenção numa coisa. Você não pode mais ficar faltando desse jeito, entendeu? Não pode, Bruno. O que você vai querer para a sua vida no futuro? Não quer estudar, mais tarde ter uma profissão graças aos seus estudos, ao seu esforço? Não quer, Bruno?

Fiquei quieto. Sabia que ela tinha razão, mas eu não podia fazer nada. Não era eu quem controlava a minha vida. Se a minha vida fosse a pipa seria mais fácil.

Também eu não gostava que ela ficasse se metendo. Ela não era a minha mãe, poxa!

— Tá bom, dona Lúcia — disse, finalmente, mais pra ela me deixar ir embora logo. — Agora eu preciso ir. Minha mãe fica preocupada.

— Só uma coisa, Bruno.

Fiquei aguardando. Na certa ia me dar mais alguma bronca. Mas em vez disso, ela me entregou um papel.

— Um bilhete? — perguntei, assim que o abri.

— Nós queremos falar com a sua mãe. Eu e a diretora. Amanhã cedo você vem pra escola e ela vem junto. Combinado?

O que é que eu ia responder? Se eu não entregasse, era bem capaz de mandarem alguém lá em casa buscar a mãe.

Peguei o papel, dobrei e o coloquei no meu bolso.

— Tá bom, dona Lúcia. Amanhã ela vem.

A MÃE, O PAI E O PADRASTO

    Fui embora pensando sobre essa história de creche. Como eu já falei, a professora achava que, se a mãe tivesse onde deixar os manos, ela poderia arrumar um emprego e eu não precisaria faltar mais.

    Se era sobre isso que ela e a diretora queriam falar com a mãe, podiam tirar o cavalo da chuva. Nunca que ela ia concordar. Ela dizia sempre que não tinha a saúde muito boa para trabalhar.

    Às vezes eu não acreditava nisso, não. Olhava pra mãe e via uma mulher forte, bastante judiada pela vida, é claro, mas com saúde.

    Eu sei que a escola inteira sabia o motivo das minhas sumidas. Um sempre acabava contando pro outro que tinha me visto pedindo nas casas. Às vezes eu sentia vergonha. Às vezes não estava nem aí. Quem quisesse falar que falasse e pronto! Não estava roubando nem nada!

    A dona Lúcia também sabia. Sei que ela não achava certo, mas ela nunca falou nada pra mim. Nem que era certo nem que era errado. Ela só queria que eu parasse de faltar.

    Sabe que às vezes ela me irritava de tanto que ficava no meu pé? Eu não me conformava de ter que dar explicações da minha vida pra ela. Minha mãe não dava a mínima. Nunca foi de cobrar se eu tinha lição de casa ou algum trabalho, essas coisas. Mas a dona Lúcia! Pelo amor de Deus! Ela enchia demais a paciência!

Fui para casa e a primeira pessoa que vi foi o Paulinho. Estava sentado no sofá, com um pacote de bolacha aberto e os farelos para todos os cantos.

— Cadê a mãe?

— Saiu com o Émerson e a Daiane. Mandou eu ficar aqui porque senão entra gente e leva tudo.

— Aonde eles foram?

— Não sei. Ela não falou. Quer bolacha? Ganhei um monte.

Paulinho passou o pacote já quase todo rasgado. Peguei uma e, enquanto eu mastigava, fiquei pensando. Como é que eu ia convencer a mãe a colocar os manos na creche e a procurar um trabalho? E também tinha o bilhete. Na certa, ela ia ficar louca da vida com isso.

Quando eu era pequeno, minha mãe trabalhava como empregada doméstica. Ela dava um dinheirinho para uma vizinha tomar conta de mim, na casa dela. Eu ficava lá até a mãe voltar, à tarde.

Ela era sozinha para me sustentar. Do meu pai, nem sinal. Tudo por conta dela.

Nunca cheguei a conhecer o meu pai, nem por fotografia. Dele só sabia o nome: Antônio. Também nunca me importei em saber nem em procurar. Um pai que não conheci, que foi embora quando a mãe ainda estava comigo na barriga, não significava absolutamente nada pra mim.

Quando eu tinha cinco anos, ela conheceu o meu padrasto: o pai do Paulinho, do Émerson e da Daiane.

Não demorou muito, ela ficou grávida. O padrasto um pouco ficava em casa, um pouco sumia. Ele dizia que tinha serviço pra fazer, que ia ajudar uns caminhoneiros a descarregarem as mercadorias. Era por isso que viajava junto com eles e passava semanas longe de casa.

Mas eu não sei se aquilo era verdade, não. Só sei que ele ia embora e ficávamos eu e a mãe, sozinhos. Ela com aquela barrigona... Às vezes arrumava algumas faxinas pra fazer, às vezes não arrumava nada. Culpava o governo pela falta de serviço, pela falta de dinheiro, pela falta de tudo. Aí eu saía para pedir nas casas.

Um tempo depois o padrasto voltava, trazia alguma coisa pra ela. Foi assim que ele fez quando deu a televisão. Depois sumia outra vez. Parece que voltava só pra fazer filho...

Num dia em que a mãe estava bem brava, xingando todo mundo que aparecia na frente, ela me disse, num momento de desabafo, que achava que o padrasto nunca tinha gostado dela de verdade. Assim como o pai.

A situação foi ficando mais difícil, a mãe tinha as crianças pequenas pra olhar. Ela só contava comigo. Também tinha o pessoal da rua que sempre acabava ajudando com alguma coisa. Mas serviço mesmo não apareceu mais. E a mãe também não procurou.

Logo o Paulinho ia fazer seis anos e a mãe ia ter que colocá-lo na escola de qualquer jeito. E eu me perguntava: como é que seria então? Ele simplesmente ia ficar faltando como eu? Ia levar a mesma vida que eu?

A dona Lúcia me disse uma vez que o meu irmão já tinha idade suficiente para ir à escola. Já deveria estar frequentando a pré-escola, como todas as crianças da idade dele.

Mas a mãe não quis nem saber. Enquanto eu ficava pelas ruas pedindo nas casas, o Paulinho ficava tomando conta do barraco pra não entrar ninguém, pois muitas vezes ela saía, levando os manos menores com ela.

Não me perguntem aonde é que ela ia que isso eu não sei. Acho que ela ficava enjoada de ficar em casa com as crianças e saía por aí, conversar com alguém.

No começo eu achava que isso não tinha nada de mais, mas depois comecei a pensar que não era justo eu faltar na escola para pedir esmolas com a mãe andando por aí, à toa. Ela não dizia que não tinha a saúde boa? Então, como é que ela ficava tanto tempo fora de casa sem reclamar?

Émerson e Daiane eram praticamente bebês. Não ia dar para a mãe colocá-los para pedir no nosso lugar. Era por isso que eu precisava falar sobre a creche. Apesar da minha bronca com a dona Lúcia, eu era obrigado a concordar com ela. A creche era realmente uma boa. Se a mãe concordasse, nem eu nem o Paulinho precisaríamos mais sair às ruas.

TENTATIVA

A mãe chegou com os pequenos sem dizer palavra alguma. Também não perguntou nada sobre a escola. Viu que o Paulinho havia separado as coisas sobre a mesa, por isso largou o Émerson e a Daiane no chão e foi para o fogão.

Eu fiquei olhando a mãe mexer nas panelas.

— Mãe, falei com a professora hoje — comecei.

De costas, a mãe continuava no fogão. Sem se virar, apenas falou:

— E aí? Ela ficou contente que você voltou?

— Ah, ficou, sim. Ela até pediu pra que eu ficasse depois do horário pra falar com ela!

Eu esperava que a mãe fosse perguntar alguma coisa do tipo: "E sobre o que vocês conversaram?" ou "O que ela queria?". Mas a mãe se calou. Só mandou o Paulinho juntar a sujeirada que ele tinha feito com as bolachas no sofá.

— Sabe, mãe, a gente conversou bastante...

Silêncio. Não adiantava. Eu sabia que ela não ia perguntar nada. Será que ela ao menos estava prestando atenção?

— Bruno, pega o sal pra mãe ali no armário. — Sua concentração ainda estava na panela. O que poderia haver de mais importante naquela hora?

Eu trouxe o sal. Examinei o seu rosto, procurando ver se era o momento de falar ou não. Ela estava com uma expressão tranquila e, por que não dizer, parecia feliz. Não estava brava nem nada.

Resolvi falar tudo de uma vez:

— A professora perguntou por que a senhora não põe os manos na creche.

A mãe soltou uma das tampas na panela e olhou para mim.

— Eu sabia! — disse, enfezada. — Eu sabia que isso ia acontecer!

— Isso o quê, mãe?

— Isso de querer que a gente largue as crianças por aí, longe de nós. Você não falou pra ela que a mãe tá velha, já? Eu mal me aguento sobre as pernas! Seu pai largou a gente. O pai deles também. Quem é que vai acabar de criar tudo eles?

— Mas, mãe... Ela acha que, se a senhora for trabalhar, a gente pode ir pra escola e...

— Trabalhar? Só rindo mesmo! Você não tem pena de mim, Bruno? Olha só o estado da sua mãe! Minha saúde não ajuda, você sabe disso, meu filho! — A voz da mãe foi amansando. — A mãe bem que queria, mas com essa fraqueza que me persegue...

O que aconteceu aí foi que eu perdi a coragem de continuar. Não tinha forças pra falar, muito menos pra entregar o bilhete. Fiquei imaginando a cara dela na hora que ela soubesse que a professora e a diretora iam esperá-la para uma conversa no outro dia...

Fiquei calado, olhando para aquele rosto que me pareceu tão estranho de repente. Não sei por que fui me iludir. A mãe nunca ia me dar ouvidos, essa é que era a verdade.

— Guarda o sal pra mim lá no armário, filho — falou minha mãe.

E voltou para a sua panela.

FRUSTRAÇÃO

Saí de casa com a minha pipa. Resolvi que eu ia entregar o bilhete depois. Não estava a fim de discutir com a mãe nem de levar bronca. Eu sei que ela não ia gostar de ter que ir à escola. Sei também que a culpa não era minha. Mas você acha que ia sobrar pra quem?

Corri em volta do campinho. Dei voltas e mais voltas com um pedaço pequeno de linha, sem soltar todo o resto da lata.

Sentia o vento bater em meu rosto e isso me fazia bem. Se ficasse parado ia chorar, e eu não queria. Precisava me sentir forte, dono de mim mesmo, determinado, sabendo bem o que queria e do que precisava. Era assim que tinha que ser. Não podia fraquejar. Não queria.

Corri, corri, até me cansar. Olhei para a pipa e fui dando linha. Coloquei toda a concentração nela, que ia subindo e sumindo no céu. Pequenininha e linda.

Lembrei da escola, da professora que pegava no meu pé a cada falta minha.

Lembrei dos amigos, da menina nova. Tentei adivinhar o que ela pensava, o que ela fazia... Parecia diferente. Talvez não tivesse tantos problemas como eu. Talvez não tivesse problema algum.

Lembrei dos manos pequenos. Fiquei imaginando o dia em que a mãe inventasse de colocar o Émerson e a Daiane nas ruas também.

Lembrei do Paulinho. Eu podia pressentir que ele ia começar a fazer a mesma coisa que eu fazia, nem me lembrava mais desde quando.

A escola era um lugar bom e eu me sentia feliz lá. Tinha amizade com todo mundo. Eu sabia que o pessoal gostava de mim. Sempre que precisavam de alguma coisa eu estava disposto a ajudar. E isso era legal. Às vezes eu me sentia tão... tão... insignificante! E, quando conseguia ajudar alguém, vinha aquele sentimento de grandeza bater dentro do peito. Isso era supergostoso de sentir. Se era!

Todos os meus colegas de classe moravam no mesmo bairro que eu. Alguns, em casas de tijolos; outros, em casas como a minha. Mas isso não fazia muita diferença. A situação de um e de outro era quase sempre a mesma. A gente passava, muitas vezes, pelas mesmas dificuldades. Um sempre tentava dar uma força pro outro. Sentia falta deles, sim.

Na rua, eu me encontrava com pessoas de todos os tipos. Ficava pensando se eram bons, ruins, ranzinzas, felizes... assim como a história da casa chique, dos seus moradores.

Passavam por mim e eu imaginava logo quem eram, de que jeito eram, se tinham filhos, se eram sozinhos, como se eles fossem personagens de alguma história... maluquice minha.

Quando eu pedia algum dinheiro ou qualquer outra coisa, tinha gente que dava de boa vontade, olhando pra mim com um olhar de pena e remorso, tudo misturado. Acho que até se sentiam melhores em dar alguma coisa. Era como se estivessem tirando um peso dos ombros, o peso de viver numa sociedade tão cheia de desigualdades. Outras me olhavam de longe e já iam dizendo que não tinham nada, que era pra eu ir andando. Tinham medo. Eu podia perceber. Se me conhecessem de verdade, saberiam que não haveria motivo algum para isso.

Mas ninguém conhece ninguém direito, não é mesmo? Será que eu conhecia direito a minha mãe?

A mãe sempre dizia que precisava de mim, das coisas que eu arranjava na rua, que ela só podia contar mesmo era comigo. Só que ela nunca pensou em quanto tudo isso estava me prejudicando. Ela nunca se importou se eu estudava ou não, se eu passava ou repetia o mesmo ano um monte de vezes.

Naquela época eu também não me importava com nada disso. Não parava pra pensar se aquilo de ficar na rua era bom ou ruim para mim. Só fazia o que ela mandava.

Demorou um pouco pra eu tomar consciência de que aquilo tudo não era certo. De que a mãe estava sendo muito egoísta quando me fazia faltar na escola pra arrumar o que a gente comer. Era ela quem devia fazer isso, não eu, nem o Paulinho.

Ora, se a mãe podia sair com os manos pequenos pra fazer sei lá o que na rua, por que é que não podia trabalhar? Como é que ela tinha tanta dor na perna, e isso ela reclamava todo santo dia, se ela ficava andando por aí, às vezes a tarde inteira?

Eu ficava pensando em tanta coisa enquanto estava no campinho! Tanta coisa! Até esquecia, às vezes, de olhar pro céu.

O vento foi mudando minha pipa de direção.

Não dava para saber quantas horas eu tinha ficado ali, solitário com a pipa e os pensamentos soltos no ar. Poderia ficar a minha vida inteira e seria bom. Mas não dava, já era tarde. Logo ia escurecer, e a mãe não gostava de ficar sozinha.

À noite, aconteciam as piores coisas. Eu já estava acostumado depois de tanto tempo vivendo ali.

No começo sofria, ficava muito assustado com toda aquela rotina: brigas, tiros resvalando o barraco, morte.

Quando eles começavam, a ordem era para todos se deitarem no chão. Notícias de morte por causa de balas perdidas não causavam estranheza a mais ninguém. Havia a dor, o desespero, a revolta, a vontade de que se fizesse justiça. Depois, tudo passava e ninguém mais tocava no assunto. A ordem era ficar esperto. Só isso.

A lata, a linha e a pipa. Todo o ritual de recolher. O cuidado para ela não enroscar em nada, não deixar embaraçar nenhum pedaço de fio e trazê-la sã e salva para perto do seu dono. Depois, juntar tudo e ir para casa.

A ESCOLA

ENTREGUEI o bilhete à mãe, mas ela simplesmente disse que não ia. Falou que eu já tinha voltado pra escola, que não estava faltando nem nada, então por que é que ela precisava ir?

Fiz o que pude. Falei que não era só a professora, a diretora também queria conversar. A mãe nunca aparecia em nenhuma reunião! Mas ela não quis nem saber. Disse que tinha que ficar em casa com os pequenos, que eles eram muito pesados para levá-los no colo até a escola e fim de papo.

Quando a dona Lúcia me viu, veio logo perguntando:

— Cadê a sua mãe, Bruno?

— Não pôde vir. Ela não tinha com quem deixar os manos.

— E por que é que ela não os trouxe junto?

— Ah, dona Lúcia... É meio longe, sabe como é. O Émerson e a Daiane são pequenininhos ainda... Mas ela disse pra senhora não se preocupar que eu não vou faltar mais.

— Ela disse isso?

— Disse, sim. Pode confiar, professora. Eu não vou faltar mais até o final do ano.

Nem mesmo eu acreditava naquilo que estava dizendo. Isso porque eu sabia que dali a pouco a mãe ia precisar de mim outra vez.

E eu estava certo: não demorou muito, tive que faltar de novo pelos mesmos motivos. É que a mãe pediu para eu ir no lugar do Paulinho, porque ele, coitado, não conseguia trazer muita coisa pra casa. Eu já era maior, ia mais longe...

Eu estava voltando pra casa, com várias sacolinhas cheias, quando vi um carro parado na entrada dos barracos. Eu estranhei, pois aquele carro não era de ninguém da vila.

Fui descendo a ruazinha de terra da minha casa e, quando estava chegando, percebi que a mãe tinha visita. Era a dona Rita, inspetora de alunos da minha escola. Fiquei morrendo de vergonha quando dei de cara com ela. Eu, com um monte de sacolas de supermercado na mão! Claro que ela sabia que eu não tinha ido fazer compras... Deixei tudo na porta e entrei. O Paulinho é que acabou indo pegar.

— Oi, Bruno! — ela me cumprimentou.

— Oi, dona Rita. A senhora aqui? — falei meio sem graça.

— Vim buscar sua mãe. A diretora me pediu.

— É, filho. Toma conta dos seus irmãozinhos que eu vou ver o que a diretora quer.

— Então, vamos, dona Helena. — A inspetora foi saindo. — Tchau, Bruno.

Falei tchau. Fiquei pensando que a minha mãe devia estar uma fera, mas não tinha demonstrado nada. Foi numa boa, sem reclamar. Eu queria ver a hora que ela chegasse. Aí é que eu queria ver...

MAIS PROMESSAS

A mãe chegou com tudo, pisando duro, batendo a porta. Eu sabia que ela ia descontar a raiva dela depois.

— Que encheção daquela gente! — gritou.

— Falou com a professora?

— Com a professora, com a diretora...

— E o que elas disseram?

— O que elas disseram... Ora essa! Me ameaçaram, isso sim!

— Ameaçaram, mãe? — Fiquei preocupado.

— É. Ameaçaram. Falaram que você não pode mais faltar até o fim do ano. Nenhuma falta.

— Mas isso a dona Lúcia já tinha me falado também!

— Se faltar, vão chamar o Conselho Tutelar para resolver a sua situação. Ora! E a minha situação ninguém resolve? Essa falta de dinheiro, essa falta de tudo? Não mando vocês pra rua porque eu quero, caramba! A gente passa tanta dificuldade...

Eu me aproximei um pouco da minha mãe e falei de mansinho:

— Por isso que talvez fosse melhor a senhora voltar a procurar um emprego. Lembra? Quando eu era pequeno a senhora trabalhava...

— E o Émerson e a Daiane que são tão pequenos ainda? E tem o Paulinho também. Quando eu tinha só você era mais fácil, a dona Maria ajudava, mas agora...

— E a creche, mãe? A dona Lúcia vive me falando disso...

— Ah, meu filho... não sei. Não sei e não quero mais falar sobre isso, que aquelas duas já me encheram demais a paciência por hoje! O melhor mesmo é você ir pra escola pra não me causar mais problema e o Paulinho ir pra rua no seu lugar. É melhor assim.

Eu sabia que eu indo pra escola ia evitar um monte de problemas pra mãe. E pra mim também, por que não dizer? Mas isso resolvia tudo? Não tinha o Paulinho indo fazer a mesma coisa, andando pela rua para pedir esmolas? Qual a diferença se era eu ou ele?

— Sabe o que a diretora disse também, Bruno? — continuou minha mãe, enquanto aprontava a mamadeira do Émerson e da Daiane.

— O quê?

— Ela queria que eu fosse conversar com um psicólogo.

— Psicólogo? A senhora? — estranhei.

— Tá vendo? Até você achou essa ideia um absurdo! Eu falei pra elas.

— Mas por que psicólogo, mãe?

— E eu sei lá! Vieram com uma conversa mole que ele poderia me ajudar, me dar apoio... E quem é que disse que eu preciso de apoio?

— É que eu falei pra dona Lúcia que a senhora tá sempre doente...

— Falaram isso também. Perguntaram se eu já fui procurar algum médico, fazer tratamento.

— E a senhora?

— Falei que não, é claro! Não tô precisando de médico, é só uma canseira... Olha, Bruno, não quero complicação com essa gente, mas também não quero ninguém se metendo na minha vida. Falei, ou melhor, prometi que você não vai faltar daqui pra frente. Agora, que elas não me amolem mais também! Nem você. E vamos mudar de assunto! Vai brincar e me deixa quieta!

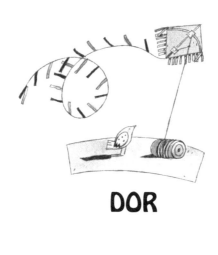

DOR

Num dia desses, assim que eu cheguei da escola, o Paulinho veio logo me contando:

— A mãe vendeu sua pipa. Veio um menino aqui e levou.

— Vendeu o quê?

Eu achei que não tivesse entendido direito, às vezes o Paulinho fazia umas confusões. Mas aí a mãe entrou com tudo:

— Mas que menino boca larga! — Ela estava segurando o Émerson pela mão e carregando a Daiane no colo. — Eu não falei pra você ficar de boca fechada?

Então era mesmo verdade? Fiquei louco da vida. Louco!

— Mãe, a senhora vendeu a minha pipa?

— Vendi. Vendi e olha o que eu trouxe! — Mostrou uma sacolinha de supermercado. — Muito melhor, não acha? O menino pagou um bom dinheiro por ela. Juntei com uns trocadinhos aí da gaveta e olha só!

— Menino, mãe? Que menino? — perguntei.

A mãe fazia uma cara de felicidade que me irritava! Foi o Paulinho que respondeu:

— Sabe o Fábio, mano?

Eu sabia. Fábio era um dos garotinhos do bairro. Tinha uns nove anos mais ou menos.

— Então? — continuou meu irmão. — Foi ele.

— Ué, filho! — disse a mãe. — Ele veio aqui brincar com o Paulinho. Viu a sua pipa aí em cima do guarda-roupa e falou que era bonita. Eu perguntei se ele queria comprar e ele topou. Foi isso que aconteceu. Não foi uma grande ideia a minha?

— Mas, mãe! A pipa era minha! Comprei papel, vareta, tudo!

— Andou gastando dinheiro com bobagem. Eu sei disso. Mas não vou ficar brava. Dinheiro você ganha outro.

A mãe me olhou e viu que eu não desmanchava a minha cara de desgosto.

— Mas que cara é essa? Que drama por causa de uma porcaria de pipa! Achei que você ia ficar feliz por eu ter feito dinheiro com aquilo.

A mãe colocou a sacolinha em cima da mesa e as crianças foram logo abrir para ver o que tinha.

— Tá vendo a alegria deles? — ela apontou. — Não sei por que você não fica contente também. Nós somos ou não somos uma família?

Olhei pra mãe com ódio. Senti raiva pela primeira vez.

Poxa! Sempre fiz o possível para ser compreensivo, mas vender a minha pipa! Era a única coisa só minha, de mais ninguém! E ela agora tinha virado comida!

Tudo bem que eu podia ganhar dinheiro de novo e fazer outra. Não era nada impossível. Mas o que doeu foi o fato de ela não ter respeitado uma coisa que era minha. Só minha!

A mãe não tinha o direito de vender nada meu sem falar comigo antes. Talvez eu até topasse, quem sabe? Mas ela tinha que ter me consultado antes. De qualquer jeito.

A mãe se aproximou de mim, tentando me agradar.

— Vai lá, filho, e pega alguma coisa. Não faz birra, que birra não enche barriga de ninguém — falou, passando a mão na minha cabeça, assim como ela fazia de vez em quando no Émerson e na Daiane.

Não demorou muito, foi para junto dos outros e falou:

— Hum! Isso aqui tá que é uma delícia! Você não sabe o que tá perdendo!

Sabe, vou contar um segredo que ficou muito bem guardado comigo. Nem pro Ricardo eu falei. Naquela noite, quando coloquei a cabeça no travesseiro, não aguentei. Chorei escondido, pra ninguém ouvir.

Não estava certo. Não estava! Tudo na minha vida estava errado. Eu não conseguia pensar nem encontrar solução alguma. Não estava feliz. Não estava encontrando... perspectiva — palavra que aprendi com a dona Lúcia. Eu não estava encontrando nenhuma perspectiva de melhora na minha vida. E eu precisava encontrar.

Bem, isso era o que ela dizia. Só que para mim não era nada fácil!

Muitas coisas na minha vida não estavam certas. Uma delas era a mãe ter vendido minha pipa. Tentava desviar o pensamento, mas não conseguia esquecer. Sentia raiva e não queria sentir. Começava a achar que a mãe não se importava mesmo comigo. Não ligava a mínima para os meus sentimentos, não pensava no meu futuro.

Eu me esforçava, tentava entender os motivos que levavam a mãe a agir daquele jeito. Falava para mim mesmo que eu não devia sentir raiva também. Que, afinal, ela era a minha mãe e eu estava no mundo graças a ela.

Que coisa! Não adiantava. Isso não modificava em nada os meus sentimentos. Cada vez mais achava que a minha mãe não tinha sido justa comigo. Mais uma vez, só tinha pensado nela mesma.

A mãe já roncava de velho, os manos também. Só eu, com o olho ardendo, a cara amassada no travesseiro molhado de tanto chorar. Chorar não adiantava nada. Eu precisava encontrar um jeito de mudar de vida. Só ainda não sabia como.

Com o pensamento voltado para todas essas coisas, adormeci. Sei lá que horas eram, não fazia nem ideia. Só sei que devia ser tarde. Bem tarde.

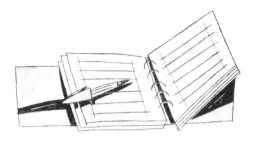

PAULINHO

— **B**RUNO!

Levantei a cabeça, que até o momento estava apoiada sobre os braços em cima da carteira, e olhei para ela.

— Com sono, Bruno?

— Ah, dona Lúcia... — falei com a voz meio mole. — Dormi mal esta noite.

— E posso saber por quê?

— À toa. Perdi o sono.

— Sei...

A professora ainda ficou um tempão fazendo perguntas. Perguntou se a mãe tinha ido falar com um médico ou se ela tinha procurado a creche para os manos pequenos.

Eu disse que não. Disse também que a mãe sabia se cuidar e que a professora fizesse o favor de nos deixar em paz.

Não queria ser grosso, faltar com a educação, nada disso. Não queria mesmo. É que a dona Lúcia não me dava sossego. Se eu já estava indo direitinho à escola como tinha prometido, por que é que ela não parava de ficar me amolando? Que é que ela tinha a ver com a minha vida? Com a da minha mãe? Isso porque ela não sabia que o Paulinho estava indo pra rua no meu lugar. Se ela soubesse, aí é que ela não ia me dar mais sossego de uma vez!

Sei que não agi direito, que fui meio estúpido, mas ela tinha que parar com isso. Quem sabe assim ela entendesse que nem eu nem a minha mãe precisávamos dos conselhos dela. De nada dela!

Fui pra casa triste. Muito triste mesmo. Não tinha nada a fazer. Ninguém podia ajudar. O jeito era continuar tudo como estava.

Chegando em casa, vi Paulinho deitado debaixo de algumas cobertas, que ele mesmo havia retirado das coisas da mãe.

Estranhei. Não era época de ninguém ficar debaixo de cobertores. Larguei meu material em cima da mesa e fui para junto dele.

— O que foi? O que você tem?

— Estou com frio. Só isso.

Coloquei a mão na testa dele.

— Nossa! Você tá quente pra burro! Cadê a mãe? — perguntei, aflito.

— Não sei...

— Mas ela não disse pra onde ia, se voltava logo?

— Não...

— E agora? Eu não sei o que fazer...

— Não é nada, não, mano...

— Fique quieto aí, que eu vou até a casa da dona Maria. Ela deve entender dessas coisas.

Dona Maria chegou e, depois que confirmou a febre do Paulinho, correu pegar uma bacia com água. Com um pano molhado, foi passando na testa do menino.

Depois de um tempo fazendo isso, ela avisou:

— A febre não quer baixar, não...

— E agora, dona Maria? — perguntei, aflito.

— Melhor esperar a mãe de vocês chegar pra ir no postinho médico.

— Mas e se ela demorar? — Eu tinha muito medo dessas coisas de febre. Tem gente que passa mal, até morre.

Dona Maria me olhou séria e respondeu:

— Aí, eu não sei.

Eu olhei pro Paulinho tremendo de frio. A dona Maria fazia o que podia. Com paciência, ela passava o pano na testa do menino, tirava, molhava na água novamente, torcia e colocava na testa outra vez.

— Pode deixar, dona Maria. Eu mesmo levo — decidi.

— Então, espere, que eu vou junto. Você pode precisar de alguma ajuda.

Peguei o Paulinho no colo e fomos até o posto de saúde do bairro, que não ficava muito longe.

Demorou um pouco pra gente ser atendido, mas pelo menos estava conversando com alguém que entendia do assunto.

O médico cumprimentou a gente e perguntou o que estava acontecendo. Falei da febre, dona Maria confirmou.

O médico examinou o Paulinho e também pediu para que ele fizesse algumas radiografias. Uma ambulância levou nós três ao Hospital Municipal e depois nos trouxe de volta, assim que os exames ficaram prontos.

Enquanto eu esperava, agradeci à dona Maria por ela ter ficado o tempo todo com a gente. Ela disse que não precisava agradecer, que ela conhecia o Paulinho desde que ele tinha nascido. Era como se fosse da família.

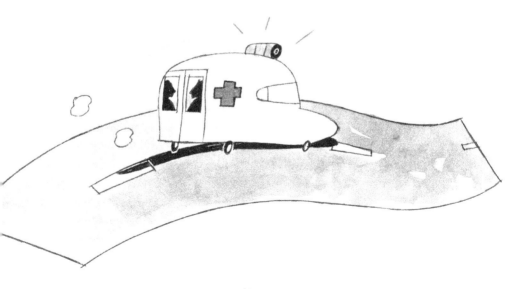

Fomos chamados novamente no consultório. Assim que nos sentamos à frente do médico, ele falou:

— O Paulo está com pneumonia.

— Ai, meu Deus! — falou dona Maria, aflita.

Arregalei os olhos e fiz uma cara de assustado. O médico continuou:

— Começo. Dá para tratar em casa, mas requer cuidados.

— Pneumonia? — repeti.

— Exatamente.

O médico olhou para o Paulinho e depois para a dona Maria.

— O seu filho precisa tomar o remédio direitinho e fazer repouso. Nada de sair de casa, brincar na rua, nada disso. Tem que ficar quietinho, descansando.

Dona Maria olhou para mim e depois para o médico. Antes que ela falasse qualquer coisa, eu disse:

— O senhor pode deixar. Eu e a minha mãe vamos ficar de olho no Paulinho.

O Paulinho, coitado, não tinha forças para falar nada. Estava quietinho no colo da nossa vizinha.

— O senhor vai passar o remédio pra gente? — perguntou dona Maria.

— Era sobre isso mesmo que eu ia falar agora. Nós estamos com um problema aqui neste posto.

— Vai me dizer que aqui não tem o remédio? — ela disse, com a nítida sensação de que o problema que o médico havia falado só podia ser esse.

— Infelizmente, é isso, sim — ele confirmou. — Estão em falta vários remédios. Inclusive o que eu tenho que receitar ao menino.

— Poxa vida! — ela desabafou. — Então vai ser difícil. O senhor sabe, a situação da gente não é boa.

— Eu entendo. Mas o que acontece é que, num bairro como este, o posto de saúde é muito procurado. A maioria são pessoas sem condições de comprar os medicamentos. É por isso que sempre acontece de estar faltando algum. Nossa farmácia deve ser abastecida pelo governo no comecinho do mês que vem, mas infelizmente não dá para esperar todo esse tempo.

— Pode deixar que a gente dá um jeito — resolvi falar. — Não é a primeira vez que alguém de casa fica doente. O senhor fica sossegado que a gente compra o remédio.

Nós saímos de lá com a receita na mão. Peguei o Paulinho do colo da dona Maria e o carreguei para ela. Uma mulher e uma menininha de pouco mais de um ano estavam entrando e passaram bem ao meu lado. Ela também tinha uma carinha de quem estava mal. Assim como o Paulinho.

Quando ela passou, eu falei:

— Será que não vai ter remédio pra menininha também, dona Maria?

— É bem capaz que não. Isso não tá certo, né, Bruno? O governo tinha a obrigação de manter essa tal farmácia cheia de remédio. Não é isso o que ele fala na televisão? Que tá cuidando da saúde do povo pobre?

— Falar ele fala, dona Maria. Mas quantas vezes a gente assiste à mesma televisão mostrando os hospitais cheios, sem vagas, até sem remédios, como é o caso do postinho aqui do bairro?

— É, Bruno, o povo tá perdido mesmo. É cada um por si.

— Mas eu vou comprar o remédio, dona Maria. Pode escrever. E o Paulinho vai ficar bom.

Eu achava muito triste toda aquela situação. E não estou falando só por causa do meu irmão. Quantas pessoas, sem condições como eu, passavam pela mesma situação? Quantas vezes eu tinha ouvido falar de gente que tinha morrido na porta do hospital por falta de atendimento médico? E a falta de remédios? Gente que fazia tratamento com medicamentos caríssimos, não podendo ficar sem eles de jeito nenhum e não conseguindo de graça nos postos e hospitais!

Dinheiro nós não tínhamos mesmo. Nem a coitada da dona Maria, que também queria ajudar. Então, o único jeito era eu sair para pedir. Outra vez.

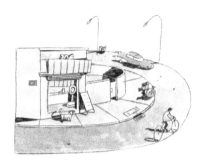

NA RUA DE NOVO

CHEGAMOS em casa, e a mãe e os manos já estavam lá. Ela muito brava porque eu e o Paulinho saímos e deixamos o barraco sozinho.

— Custava me esperar? — bronqueou, assim que viu a gente entrando. Parece que ela nem tinha reparado que o Paulinho não estava com uma cara boa. — Deixaram o barraco sozinho! E se entra alguém? Não sei como não entrou ninguém, não sei! E se me levam a televisão embora, hein? Pura sorte! Que falta de responsabilidade, Bruno! Logo você, que acha que tem tanto juízo!

Era costume dos moradores não sair sem que ficasse alguém da família no barraco, pois era muito fácil alguém arrombar e levar tudo o que tinha dentro.

— Deixa que eu explico, Bruno — falou dona Maria. — Sabe o que é, Helena, o Paulinho passou mal, com febre. Você estava demorando, então o Bruno achou melhor a gente levar ele no postinho. Quer dizer, ele queria mesmo era ir sozinho. Eu que me ofereci.

— O Paulinho tá com pneumonia, mãe, e esta aqui é a receita do médico. — Estiquei o braço e entreguei o papel a ela.

A mãe mudou a expressão do rosto e tomou a receita da minha mão.

— Pneumonia? Tem certeza?

— Foi o que o médico falou.

— Meu Deus! Então amanhã ele não pode ir pra rua...

— Claro que não, mãe! Não vê que o Paulinho tá doente e que a gente tem que comprar o remédio que o médico mandou?

A mãe dobrou o papel e se aproximou do Paulinho com uma cara de piedade e uma voz doce.

— Vem cá, meu bem. Tá com febre, tá?

O Paulinho olhou bem pra mãe e fez que sim com a cabeça.

— A mamãe vai cuidar de você e logo vai ficar bom, tá?

Estava tudo certo, mas tinha uma coisa mais importante.

— A enfermeira já deu pra ele um remédio pra cortar a febre — falei. — Só que tem que comprar o outro, mãe!

— E com que dinheiro, você pode me dizer? Não tem dinheiro aqui em casa hoje, Bruno. Estou sem nenhum centavo.

— Amanhã cedo eu arrumo. Não vou pra escola e não volto pra casa sem o remédio, pode escrever.

— Que bom, meu filho. Ainda bem que eu tenho você nesta vida...

No outro dia, acordei bem cedinho e fui direto para o mercado a fim de me juntar aos outros guardadores de carro.

Mas foi aí que aconteceu um incidente. Era de manhã e o movimento estava bom. Eu nem tinha percebido que a rotina havia mudado. Alguns meninos diferentes estavam no lugar; eu não conhecia nenhum.

Vi quando um grandalhão apareceu para falar com um deles. O garoto passou-lhe o dinheiro que tinha recebido. Mais tarde, a mesma coisa aconteceu com um outro menino.

Não eram mais apenas os meninos que tomavam conta do lugar. Agora, havia uma outra pessoa que controlava tudo.

Eu não era bobo, é lógico. Eu sabia que boa parte desse dinheiro era usada para a compra de drogas. Não era todo mundo que estava ali para ajudar a família. Aliás, eram bem poucos, pra falar a verdade. A maioria ficava mesmo envolvida com alguns passadores de drogas ou traficantes. E, se isso também estava acontecendo no mercado, logo, logo iam me tirar de lá. A regra era bem simples: ou trabalhava-se para eles ou caía-se fora. E eu não queria saber de me envolver nesse tipo de negócio.

Você nem imagina quantas foram as vezes que me ofereceram um serviço como aquele que eu estava vendo bem ali, na minha frente. Quando se morava num lugar como eu morava, isso acontecia muito. Mas eu recusara todas essas vezes.

Naquela época o meu medo maior era a polícia: eu não queria saber de complicação para o meu lado. Sabia que a minha vida, do jeito que estava, já era bem complicada. E como!

Foi bom o medo ter falado mais alto. Não tenho vergonha nenhuma disso. Hoje eu sei que, se tivesse me envolvido com traficantes, minha vida teria se tornado muito mais difícil do que já era.

Tive amigos que se deixaram enganar pela conversa mole dos traficantes. Eles enfiavam mil sonhos na cabeça dos garotos, dizendo que o dinheiro viria tão fácil, mas tão fácil que num piscar de olhos eles seriam como todos os riquinhos que ficavam desfilando por aí. Teriam tênis importado, camiseta e calça de marca. Seriam outra pessoa. Só não diziam o preço que se pagaria por tudo isso: a vida por um fio, a constante fuga da polícia, o coração sem paz, sempre sobressaltado, o medo, a sensação da morte por perto.

Eu poderia ter me envolvido também, é claro. Por que não? Não eram meus amigos que acabavam me chamando para entrar nessa? Não era tão comum isso acontecer? Mas, como eu disse, o medo acabou falando mais alto. Eu tinha pavor de tiroteios, lutas por causa de pontos de venda, essas coisas. E a gente sempre ouvia falar de casos assim lá na favela.

Comigo nunca ninguém mexeu. Era só ficar quieto no meu canto, não atrapalhar, que estava tudo certo. Eles já me conheciam, sabiam que eu morava ali. Mas, se algum estranho tentasse entrar na favela sozinho, sem um morador, aí eles iam investigar o que essa pessoa queria.

Tive muitos amigos que foram para esse caminho. Muitos mesmo, pode acreditar. Alguns ainda hoje estão por aí. Até que a sorte não abandone nenhum deles, eles vão vivendo. Alguns não. Tive amigo morto pela polícia, pelos traficantes, pelos viciados. São histórias difíceis de esquecer.

Sempre procurei dar conselho, mas tem gente que detesta conselhos. Não posso condenar, eu mesmo não gostava que ficassem falando o que eu devia fazer, o que eu não devia. Então, eu rezava. Pedia que nada de ruim acontecesse com eles. Só isso.

Havia bastante gente fazendo compra no mercado naquele dia. Eu olhava os carros com aqueles meninos novos, quando uma mulher chegou para retirar o dela. Eu não estava muito longe, por isso vi quando apareceu aquele grandalhão que eu falei. A mulher, percebendo o moço se aproximando, foi logo dizendo:

— Sinto muito. Hoje estou sem trocado.

Dizendo isso, ela colocou a chave na porta, abriu e entrou. O rapaz foi para perto do vidro e disse:

— Sinto muito digo eu, dona. Se não pagar, não sai.

— Como, se não pagar não sai? Estou falando que estou sem dinheiro, não entendeu?

— Não.

O moço se posicionou atrás do carro de uma certa maneira que, para a mulher sair, teria que dar marcha à ré e atropelá-lo.

— Ô, moço! — ela gritou, esticando o pescoço para fora da janela do carro. — Quer fazer o favor de sair daí?

— Então, pague o que me deve!

Eu estava num dilema! Que é que eu tinha que estar ali naquela hora e ouvir tudo? Não podia estar a uns dois quarteirões de distância?

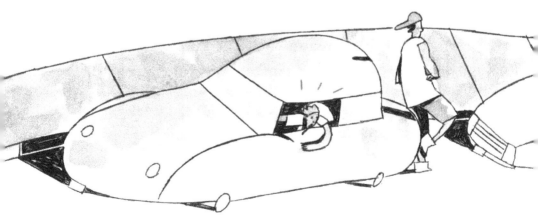

Eu vi que a mulher estava ficando desesperada, mas eu ia fazer o quê? Aquele grandalhão era bem maior que eu! Se eu me intrometesse ia acabar apanhando.

Mas foi exatamente isso o que aconteceu. Não que eu tivesse me intrometido, mas acabei apanhando do mesmo jeito. Vou contar como foi.

Tinha um senhor de cabelos grisalhos, bem vestido, todo simpático, saindo do mercado e indo buscar seu carro que, por sorte da mulher, estava bem próximo ao dela.

O grandalhão percebeu que esse homem estava chegando e, sei lá por que, acho que temendo algum problema, se mandou. A mulher saiu o mais rápido possível. Eu só fiquei olhando. O rapaz me encarou e foi passando por mim, devagar.

Fingi que não estava nem reparando nele, mas ele parou uns dois passos à frente e depois decidiu voltar.

Perguntou o que é que eu estava fazendo ali, se eu não sabia que o esquema de olhar carros no mercado era dele e que eu estava atrapalhando.

Não falei nada, mas também não saí. Eu estava ali para juntar dinheiro pro remédio do Paulinho. Nem com aquele tamanhão todo ele ia me fazer sair de lá.

Ele ficou furioso, perguntou se eu era surdo e veio para cima de mim, empurrando o meu peito com as duas mãos. Eu quase que não consigo me lembrar de mais nada depois disso. Só sei que apareceram outros garotos, começaram a me chutar e acabei rolando no chão.

Duas mulheres atravessaram a rua para desviar da confusão. Ainda perto da gente, uma delas virou-se para a amiga ao lado e disse:

— Briga de moleques de rua. Não sei por que a polícia não dá um jeito neles!

Eu ouvi. Ouvi e doeu. Eu não era moleque de rua nada. Ela nem sabia por que eu estava ali!

Ainda por cima, o desgraçado enfiou as mãos no meu bolso e roubou o pouco dinheiro que eu já tinha conseguido.

— Vamos embora — ele ordenou aos garotos. — Logo, logo a polícia baixa aqui.

Não sei como consegui me erguer e sentar na beira da calçada. Sentia dores no corpo todo. Passei a mão na minha testa e percebi que estava sangrando. Pisquei duro. Meu olho ardia bastante.

Um carro estava se aproximando. O motorista estacionou na vaga que era da mulher. Ele desceu do carro e já foi me perguntando:

— Qual o motivo da briga?

Ergui a cabeça e o encarei, mas não falei nada.

— Eu vi quando aqueles meninos saíram correndo e deixaram você aí no chão.

— Acho que vim pro lugar errado... — disse apenas.

O homem tirou a carteira do bolso e foi falando, enquanto pegava o dinheiro:

— Passe naquela farmácia lá — apontou para uma das esquinas, próxima ao mercado — e compre alguma coisa pra passar aí.

Peguei o dinheiro e contei. Era mais do que aquele maldito grandalhão tinha me roubado. Puxa! Que sorte! Apesar, é claro, de ter apanhado pra caramba! Mas não deixava de ser sorte, ora!

— Tá legal. Vou direto pra farmácia.

Levantei-me com algum esforço, enfiei o dinheiro no bolso e saí, feliz da vida. Antes de atravessar a rua, olhei para trás e gritei:

— Muito obrigado, viu?

O homem só deu um sorriso. Eu parei na porta da farmácia e tirei do bolso a receita do médico do posto de saúde. Segurei firme, chegando mesmo a amassar o papel, e entrei.

NOVA AMIZADE

MINHA alegria não durou muito. Descobri que o dinheiro não dava, o remédio era bem mais caro do que eu imaginava. Algumas pessoas que estavam ali na farmácia escutaram a minha conversa com o farmacêutico e resolveram me ajudar.

Comprei o remédio e fui direto para casa, pois, quanto antes o Paulinho começasse a tomar o remédio, melhor. Além da testa ralada, onde o farmacêutico passou um remédio sem me cobrar nada, eu tinha ganhado um olho roxo. A mãe viu e perguntou o que era aquilo. Disse que tinha batido em uma das prateleiras da farmácia. Ela acreditou, e eu saí de novo.

Vi um garotinho com sua pipa quando passei pelo campinho. Ele devia ter uns dez anos mais ou menos.

A pipa estava bem no alto, pequenina. Se esticasse os braços, caberia na palma da minha mão. Fiz o gesto para ver se conseguiria alcançá-la.

O garotinho olhou pra mim e percebeu que eu observava a sua pipa. Esticou seu braço com a latinha na minha direção e disse:

— Toma conta dela pra mim?

— Eu? Mas...

— Eu já volto. Minha irmã veio me avisar que a mãe tá chamando...

Achei aquele pedido meio estranho. Nós dois ficamos em silêncio por um instante. Olhei outra vez para o alto, o menino também. Acabei me lembrando da minha pipa, que a mãe tinha vendido sem ao menos me consultar.

Sabe, não consigo definir pra você o que eu senti. Raiva não era. Já tinha passado. Acho que fiquei triste. Ou com saudade de ficar ali no meu quintal, sozinho com meus pensamentos, enquanto a colocava no alto. Sei lá.

Bem que eu podia ter vindo mais vezes, sentado na grama, sem pipa nem nada. Mas não vim. Não sei explicar, mas com ela era mais fácil. Era como se eu fosse subindo, subindo, viajando mesmo.

— Ela tá tão no alto! — o menino disse, cortando os meus pensamentos. — Não dá coragem de recolher.

Olhei para o céu novamente e depois para o garoto.

— É só um pouquinho. Toma conta pra mim?

— Claro — concordei.

— O que é esse olho roxo aí? — perguntou, enquanto me passava a sua latinha.

Passei de novo a mão no olho machucado. Ainda doía.

— Dei uma trombada com um moleque.

— Ah...

O menino já estava meio distante, quando eu disse:

— Não me lembro de você aqui no bairro.

— Moro logo ali embaixo — ele apontou uma rua que começava bem no meio do campinho e descia, até perder de vista. — A gente não se vê muito por aqui, mas estudamos na mesma escola. Já vi você lá uma porção de vezes.

— Ah, é? Eu não sabia...

— É. E a minha irmã tá na sua classe.

— Sua irmã? Mas quem é a sua irmã?

O menino já tinha se distanciado um bocado, mas ainda deu tempo de falar:

— Tente adivinhar! — O garoto correu mais um pouco e depois gritou: — E cuidado com a minha pipa!

"Irmã?", falei alto comigo mesmo, pensativo. "Quem poderia ser?..."

Procurei concentrar minha atenção novamente na pipa. Puxa! Quanto tempo fazia que eu não ficava ali, sentado na grama com o pensamento no alto, junto dela?

Aquele lugar era como se fosse a minha casa, o meu quintal. Como se eu pudesse abrir a porta e tudo aquilo se tornasse meu. Eu sempre imaginava uma casa construída ali... Que beleza não seria! Ainda mais se fosse a minha casa, quem sabe até construída por mim mesmo... Ia ser legal à beça!

Fiquei pensando no Paulinho. Deus me livre que ele morresse de pneumonia! Comecei a me sentir mais aliviado depois que consegui o remédio. Será que as pessoas que não tinham dinheiro pra comprar remédio acabavam fazendo como eu?

Eu queria que o Paulinho sarasse logo. Também queria que a mãe não mandasse mais ele pra rua. Eu achava perigoso. Ele não era como eu, que já sabia me defender. Era muito pequeno ainda. Tinha tanta coisa pra ele aprender ainda...

De repente, uma sombra se fez por cima de mim, fazendo com que eu imediatamente olhasse para cima.

— Marcela? — estranhei.

— Oi.

— O que você está fazendo por aqui?

— Procurando meu irmão. Ele estava agora há pouco soltando pipa...

— Seu irmão? Então você é irmã do... — Franzi as sobrancelhas por um instante. Não é que eu tinha me esquecido de perguntar o nome daquele garoto? — Como é que seu irmão se chama?

— Luís.

— O Luís me pediu pra cuidar da pipa até ele voltar.

— Sabia que ele ia dar um jeitinho de voltar pra cá depois. Você não sabe como é difícil tirar meu irmão daqui do campinho. Minha mãe manda chamar e ele não vai!

— Aqui é tão bom de ficar, né?

— Eu disse pra ele que só ia até a padaria e voltava. Que se ele ainda não tivesse recolhido essa pipa pra ir comigo... Pelo jeito ele encontrou alguém pra ficar tomando conta dela. — A Marcela sorriu. — Esse menino...

Marcela passou os olhos em volta do campinho e depois me encarou:

— O que foi que você fez no olho?

— Bati na prateleira de uma farmácia.

— Hã...

— Não quer se sentar aqui e conversar, Marcela?

— Sentar? Aqui?

— É. O que é que tem? Eu vou tomar conta da pipa do seu irmão até ele voltar. Não posso sair daqui. Eu prometi.

— Tá bom. Eu não ia mesmo fazer nada agora!

— O seu irmão disse que vocês moram logo ali embaixo. É verdade?

— Isso mesmo.

— E como é que a gente nunca se encontrou antes?

— Ah... Eu não sou de sair muito e também não faz muito tempo que estou morando aqui. Um mês e pouco mais ou menos... Ah! Desde que eu comecei a estudar na nossa escola.

Nossa escola! Era legal ouvir falar "nossa" escola!

Marcela ficou em silêncio e olhou para o céu. Colocou a mão na testa para encobrir o brilho do sol em seu rosto. Um rosto tão lindo!

Ela baixou outra vez a cabeça e me olhou.

— Eu gosto daqui. Tem um pessoal legal.

— Isso é verdade — concordei. — Tem muita gente boa.

— E você? Mora aqui há muito tempo?

— Desde que eu nasci. Não conheço outro lugar.

— Ah, quem dera comigo fosse assim!

— Por quê?

— Eu estou sempre de mudança. Um ano aqui, dois ali e assim vai. Quando me acostumo num lugar, meu pai cisma de ir pra outro. E aí, adeus escola. Sabe que teve um ano que estudei em três escolas diferentes?

— É?

— É. Nem sei como consegui passar. Acho que foi sorte.

— Sorte nada. Você é inteligente, isso eu sei.

Depois de um tempo, continuei:

— Só espero que você fique aqui com a gente.

— Vai depender dele. Do meu pai. Mas eu também espero.

Nós dois ficamos um tempo ainda conversando, antes que o Luís voltasse para pegar a pipa.

A Marcela me contou como era sua vida na última cidade em que vivera. Pra mim, era engraçado falar "última". Eu não conhecia outro lugar além desse que eu morava. Não conseguia me imaginar a toda hora pegando minhas coisas e mudando de cidade.

Mas essa era a realidade da Marcela. Não sei por que tanto o pai dela mudava de galho em galho desse jeito.

Ela disse que tinha muitos parentes por aí e que às vezes um avisava o outro que tinha emprego melhor e ele ia. Com a cara e a coragem. Disse que ela, o irmão e a mãe já tinham se acostumado. Seguiam o pai aonde ele fosse.

No meio daquela conversa, o Luís, irmão da Marcela, chegou.

— Vai querer soltar pipa também, mana?

— Não. Só estava esperando você chegar. Eu não falei pra você recolher essa pipa, Luís?

— Falou. Mas eu já fui ver o que a mãe queria e ela deixou eu ficar mais um pouco, tá bom?

— Deixou mesmo?

— Claro! Pode ir lá perguntar pra ela!

Luís olhou pra mim e me perguntou:

— Como é que você se chama mesmo?

— Bruno. E você é o Luís, eu já sei.

— Isso. Obrigado, hein, Bruno! Agora pode me passar a latinha.

— É toda sua.

— Então eu vou indo — avisou Marcela, levantando-se da grama. Também me levantei.

— A gente se vê na escola — falei à Marcela.

— É. A gente se vê. E cuide desse olho, hein? — ela me disse.

— Coitado, mana! Você viu só? — falou Luís. — Um moleque deu uma trombada nele!

— Hein? Mas não foi numa prateleira? — Marcela estranhou.

Eu detestava mentir. Acho que me faltava prática, isso sim. Falei uma coisa pra mãe, outra pro Luís e voltei a falar a mesma coisa que eu tinha dito à mãe para a Marcela. Fiquei meio sem jeito e apenas disse:

— Qualquer dia eu te explico.

A CONVERSA

Paulinho, com o remédio, foi melhorando. Um pouco eu ficava com ele, um pouco saía às ruas para fazer aquilo que já estava tão acostumado: pedir.

Está certo que a mãe tinha falado para a professora que eu não ia faltar mais, só que ninguém imaginava que o Paulinho fosse ficar doente.

Também eu não ia todos os dias pra rua, não. Às vezes eu faltava na escola só um dia na semana. Eu achava que isso era normal, que não era nenhum exagero e que nem a dona Lúcia nem a diretora iam ficar falando alguma coisa.

Só que eu estava muito enganado. A dona Lúcia voltou a falar comigo, a exigir que eu desse explicações, e foi aí que eu acabei explodindo. É que ela também já chegou enfezada.

— Voltou a faltar, Bruno?

— Ué, hoje eu não faltei! — fui bem cínico.

— Não banque o engraçadinho comigo! A diretora vai chamar sua mãe aqui outra vez, Bruno! Ela assumiu um compromisso com a escola e não está respeitando!

— Ah, professora! — Procurei mudar o jeito de falar para ver se ela acalmava um pouco. — É que eu tive problemas!

— Problemas, Bruno? Você está querendo ficar no 6º ano outra vez no ano que vem? É isso que você quer, Bruno?

Não adiantou. Ela estava bem brava.

— E se eu quiser, dona Lúcia? — Aí, já levantei o tom de voz. — O problema é meu!

— Não é, não! Pelo menos enquanto você estiver estudando nesta escola!

— Se o problema é esse, então eu largo a escola já! Tá na hora mesmo! Já tô acostumado!

Acho que a dona Lúcia ficou com vontade de me esganar. Eu falei aquilo com tão pouco caso que ela ficou louca da vida. E continuou com o seu sermão:

— Bruno! O que é a escola pra você, hein? Um lugar onde você passa alguns meses e quando dá vontade desaparece?

— Pode ser. A senhora não tem nada a ver com isso. Já disse que tenho problema e...

— E eu já lhe disse que eu quero ajudar você. Só eu, não. Todos aqui da escola se preocupam com você. Mas desse jeito fica difícil, Bruno!

— Ajudar pra quê? Não sou nada seu, não preciso de ninguém. De ninguém, tá me ouvindo?

Dei as costas para ela e fui saindo. Já tinha dado o sinal da última aula. A dona Lúcia sempre fazia assim: me segurava na saída depois dos outros e ficava falando, falando...

Eu acho que nessa hora ela quase desistiu de mim. Minha intenção era essa mesma. Eu queria que ela parasse com isso de uma vez! Que me esquecesse! Caramba! Eu não era o filho dela! Não era nada dela! Se ela quisesse chamar o Conselho Tutelar, o promotor, quem ela quisesse, que chamasse e pronto! Aí eu e a mãe nos entenderíamos com eles. Era melhor que ficar aguentando aquela encheção!

Eu estava bem lá na frente, quando ela me chamou novamente:

— Espere um pouco, Bruno!

Não me virei para trás. Só parei. Eu estava cheio. Cheio!

Dona Lúcia foi chegando e parou perto de mim. Colocou a mão direita no meu ombro e apertou bem fraquinho, como se estivesse massageando.

Senti uma coisa esquisita. Fazia tempo que não sentia o toque carinhoso de alguém. E aquele toque era de carinho.

Sabe que foi tão estranha aquela sensação que eu nem tive coragem de encarar os olhos dela? Fiquei olhando pra frente, pro vazio.

Percebi que ela respirou fundo. Ficou em silêncio por alguns segundos e depois falou:

— Bruno, mais de uma vez você me disse que eu não tenho nada a ver com a sua vida.

E falei mesmo. Não era verdade, ora essa! Mas isso eu só pensei, fiquei quieto naquela hora. Deixei ela continuar.

— Mas você se engana, Bruno. Se eu faço isso é porque você, além de ser meu aluno, é uma pessoa que merece amor, carinho e admiração. Sei que você luta para sustentar a sua família. Eu sei. É por isso que eu admiro você. Mas não está certo! E eu estou querendo ajudar. Só ajudar, Bruno! Mais nada.

Continuei olhando pra frente, depois olhei para o chão. Fiquei com vontade de chorar, mas isso de jeito nenhum! E pra não chorar foi que eu comecei a andar, indo embora. Não falei nada. Não consegui falar. Ela me desarmou.

Estava alguns passos adiante, quando ela me chamou de novo. Eu olhei, devagarzinho, quase não querendo, mas olhei. Aí a dona Lúcia disse, na maior calma do mundo:

— Eu gosto de você, Bruno. Eu gosto de você.

Ai, meu Deus! Sabe que eu acho que nunca ouvi isso nem da minha mãe? O que é que eu ia fazer? Voltar correndo e dar um abraço nela? Ia ser ridículo, depois de tudo o que eu tinha falado! É claro que não dava pra fazer nada disso. Confesso que tive vontade. Mas não dava, não tinha cabimento.

Dei um sorriso meio sem graça e fui embora, implorando pra ela não me chamar mais, porque aí eu não ia aguentar. Não ia, não!

Saí da escola, peguei o rumo de casa e corri. Chorei. Chorei pra caramba!

Fui pro meu quintal pensar um pouco.

Se ao menos tivesse a minha pipa pra correr em volta daquele campo todo! Olhar pra ela, me sentir distante, longe de todo mundo!

A dona Lúcia gostava de mim de verdade. Não era só porque era professora, não era só porque a diretora pedia pra ela falar comigo. Não. Ela gostava. De verdade.

Eu estava confuso. Acho que também gostava dela. Eu pensei muito em todas as vezes que ela veio conversar comigo. Eu dizia pra mim mesmo que não gostava, que ela não largava do meu pé, que isso, que aquilo.

Mas sei que no fundo, no fundo, eu sabia que ela era a única pessoa no mundo que se importava comigo. Por que é que ela ia querer saber se eu ia passar ou repetir o ano? Se eu estudava ou ficava por aí pedindo esmolas? Eu não era filho dela nem nada!

Ela fazia aquilo por amor. Agora eu sei. Ninguém se importa com outra pessoa se não gosta dela pra valer.

Sei que muitas vezes fui até estúpido com ela, mas era o meu jeito de me defender, de não deixar ninguém se aproximar e entrar nos meus problemas. Se nem o Ricardo eu gostava que falasse alguma coisa, imagine a professora!

Mas ela conseguiu. Eu tinha a certeza de que ela também sabia disso. Que tinha me conquistado. Que tinha ganhado a minha confiança. Que eu ia procurá-la mais cedo ou mais tarde. Ela sabia. E foi realmente isso que aconteceu.

OUTRO BATE-PAPO

No outro dia, fui à escola cheio de receio. Eu tinha medo de encarar a dona Lúcia e não saber o que dizer. Também, se eu não quisesse, não precisava dizer nada, não é verdade? Era só ficar quieto, na minha.

Nossa aula de Português ia ser a última. Dona Lúcia explicou um trabalho que era pra gente fazer, mandou que ficássemos em grupo e depois voltou para a mesa dela.

A Marcela ficou no meu grupo. Falou que eu estava estranho. Perguntou o que era. Eu disse que explicava depois.

Fiquei olhando a dona Lúcia, meio de longe. Ela estava de cabeça baixa, organizando uns trabalhos nossos. Aí resolvi me levantar do lugar e dar uma palavrinha com ela. Pedi se ela poderia me esperar depois do sinal, que eu precisava lhe falar. Claro que ela ficou.

Comecei pedindo desculpas. Dizendo que não tinha sido muito legal com ela esse tempo todo. Ela disse que só queria ajudar. Eu disse que não tinha jeito. Ela disse que tinha sim.

Aí fomos conversando, até que eu me lembrei do que ela tinha falado: que não estava certo tudo que eu andava fazendo.

— A senhora acha que pedir é pecado? — perguntei.

— Claro que não, Bruno! A questão não é essa.

— Mas, se eu não sair na rua pedindo, a gente não vai ter o que comer!

— É por isso que a sua mãe, que é a única adulta na casa, precisa pôr as crianças na creche e arrumar algum trabalho. Você não, Bruno. Você está na idade de estudar.

Pensa que eu não concordava com tudo o que a dona Lúcia falava? Eu sabia que, se não estudasse direito, eu nem ia ter as mesmas chances que os meus próprios colegas da classe! Como ia trabalhar, arrumar um emprego decente? Ia ser o que na vida? Eu era o que na vida?

— A senhora tem filhos, dona Lúcia?

— Tenho dois.

— Quantos anos eles têm?

— O Marcelo tem vinte e a Juliana, quinze.

— Nossa! Tudo isso? Não parece que a senhora já tem filho desse tamanho.

Dona Lúcia sorriu. Fiquei imaginando que devia ser legal ter uma mãe como ela. Será que eles achavam que a dona Lúcia não largava do pé deles também?

— Bruno, o que eu falei ontem é verdade. Nós vamos chamar a sua mãe aqui outra vez.

— Mas, dona Lúcia...

— Bruno! Você ainda vem faltando, apesar das promessas da sua mãe. A gente não pode permitir que isso continue acontecendo. Os pais têm a obrigação de manter os filhos na escola, e a sua mãe não está colaborando. Ela não pode continuar explorando você dessa maneira. Não é correto, Bruno.

Fiquei quieto. A mãe não estava mesmo cumprindo o que ela tinha prometido.

— O que eu quero que você entenda, Bruno, é que a escola também tem a sua responsabilidade. Não podemos fechar os olhos e achar que está tudo bem.

— Eu sei, dona Lúcia, mas a situação lá em casa é difícil. Desde que o padrasto foi embora, não tem ninguém que ajude a gente.

— Mas a sua mãe, Bruno, também precisa se ajudar. Nós falamos para ela que talvez fosse bom procurar alguma ajuda médica, até mesmo psicológica. A escola até poderia encaminhá-la.

— Ela me falou. Mas a mãe não quer nem saber.

— É claro que tudo de ruim que aconteceu na vida da sua mãe contribuiu para que ela viesse a agir assim. Só que ela precisa mudar. Precisa encarar as coisas de uma outra forma. Não é só ela que está sendo prejudicada com essas atitudes. Tem você, os seus irmãos...

— Não queria que os manos tivessem a mesma vida que eu...

— Tenho certeza, Bruno, de que se a sua mãe aceitar ser ajudada, ela vai melhorar. E a vida de vocês também. Não é porque seu pai e seu padrasto foram embora que ela não tem mais ninguém no mundo. Tem vocês quatro, tem os amigos do bairro. Ela tem que se reerguer, Bruno. Por vocês.

— A senhora tá certa. Pode dar o bilhete que eu levo pra mãe. Mas que ela não vai gostar nada, nada de vir até aqui, isso não vai mesmo!

— Mas você vai convencê-la de que é importante. Vamos fazer assim, eu marco a reunião para o período da tarde. Aí você fica tomando conta dos seus irmãozinhos para ela, combinado? Ela não vai poder inventar nenhuma desculpa.

Dona Lúcia me olhou sorrindo. Era um carinho tão gostoso de sentir! Puxa vida! É claro que estava combinado! Eu ia tentar convencer a mãe. Sei que não ia ser fácil, não. Mas eu ia tentar.

A REUNIÃO

Não foi nada fácil convencer a mãe. Aliás, quando eu apareci em casa com o bilhete da professora, ela ficou uma fera! Só que aí eu disse que, se ela não fosse, a diretora não ia mais mandar a inspetora de alunos aqui em casa, não. Ia mandar a polícia!

Não contei para a dona Lúcia que eu tinha falado uma coisa dessa. Era só uma mentirinha que não ia fazer mal a ninguém. Não era para eu convencer a mãe? Pois então.

Eu fui obrigado a escutar mais uma porção de reclamação dela. Voltou a dizer a mesma ladainha, que era muita gente se metendo na vida dos outros, perguntando, mais pra ela mesma do que pra mim, por que é que cada um não podia criar os filhos à sua maneira.

Criar à sua maneira não significava deixar sem escola. Conversando com a dona Lúcia, eu compreendi que até os pais têm os seus deveres. É obrigação deles matricular os filhos na escola e cuidar para que eles a frequentem direitinho. Junto com a escola, é claro. É lei.

Imagine que bagunça ia virar se a criança resolvesse que não queria estudar? O pai e a mãe, nem aí. E quando ela crescesse, como ia fazer?

No outro dia, a professora acabou me contando como tinha sido a reunião. Minha mãe chegou da escola com a cara fechada e nem tocou no assunto comigo. Eu também não perguntei nada, pois não estava com vontade de escutar bronca. Também, a culpa não era minha, ela devia saber!

Perguntei depois pra dona Lúcia, na classe, e foi aí que eu descobri o porquê da cara emburrada da mãe.

A diretora disse para ela que o Conselho Tutelar ia chamar nós dois para uma conversa.

É que a mãe já prometera não sei quantas vezes que eu não ia mais faltar. Eu mesmo também tinha prometido. Mas eu não faltava porque queria. Às vezes, eu precisava. Só que ninguém na escola estava mais acreditando nas promessas da mãe, por isso acharam melhor passar o meu caso adiante.

Não fiquei com raiva da dona Lúcia quando ela me disse isso, não. Eu já estava começando a entender que ela só queria ajudar e que o pessoal da escola também tinha as suas obrigações. Não podiam deixar os alunos na rua, quando eles tinham é que estar estudando. Não era um direito nosso? Pois era dever da escola cuidar para que isso fosse respeitado.

— Eu sei que a dona Helena é uma mulher sofrida, Bruno — falou dona Lúcia. — E não acredito que ela faça tudo o que faz porque quer, porque não tem amor nos filhos. Ela banca a durona, mas aposto que também sofre com toda essa situação.

— Será? Pelo menos ela não demonstra...

— Você acha que ela também não gostaria de levar uma vida normal como a de outras pessoas? Os filhos estudando, vocês todos morando numa casa de verdade, ela trabalhando...

— Não sei, professora. De uns tempos pra cá, a mãe foi desanimando, desanimando... Eu sei que ela não foi sempre assim. Dificuldade a gente sempre teve, mas tudo piorou depois que o padrasto sumiu de vez.

— Eu sei que não deve ser fácil carregar essa sensação de abandono, de rejeição... ficar com quatro filhos para criar, sozinha... Se ao menos ela aceitasse um apoio psicológico, Bruno!

— É... E também ela sempre fala que não tem a saúde boa para trabalhar.

— Foi por isso que eu sugeri que ela fosse procurar um médico. Ela é nova, não é possível que não possa se tratar e depois trabalhar. Levar uma vida normal como a de todo mundo!

— Eu acho que ela não tem nada, não, dona Lúcia. É aquilo que eu já disse para a senhora. Ela já está tão acostumada com essa vida que pra ela tanto faz.

— Mas não pode, Bruno. Você está na idade de estudar. Depois, se quiser trabalhar e continuar os estudos em outro horário, tudo bem. O que não pode é parar de estudar outra vez, você me entende? Se para quem estuda está difícil arrumar um emprego, imagine para aqueles que deixaram a escola!

— A senhora tem razão. Falou tudo isso pra ela?

— Falei, sim. E falei mais: perguntei se ela não achava que você tinha sonhos. Se você nunca tinha lhe dito que gostaria de estudar, ter uma profissão... e sabe o que ela me respondeu?

— O quê?

— Que sonho não enche barriga de ninguém. Que era melhor não sonhar nada, pra não se desiludir.

— Eu falei que a mãe era durona...

— Bruno, isso que ela disse é um absurdo! Todo mundo sonha, todo mundo quer realizar alguma coisa! A sua mãe também precisa encontrar um objetivo de vida para ela! Não pode simplesmente desistir de lutar e deixar a vida passar sem fazer nada.

— Eu sei disso, professora. Também fico pensando, às vezes, num jeito de ajudar a mãe.

— Eu tenho certeza, Bruno, de que o trabalho vai fazer um bem enorme a ela. Se ela se decidir a procurar algum trabalho e tirar você da rua, ela vai começar a se sentir bem melhor, você vai ver.

— Tá certo, dona Lúcia. Vamos esperar, então. Ela é que tem que resolver.

— Tudo vai dar certo, Bruno. Você vai ver.

UMA CHANCE

A mãe andava meio quieta. Parecia triste, sei lá. Nunca vi a mãe triste. Ela vivia sempre do mesmo modo.

Depois que nós fomos chamados ao Conselho Tutelar, ela ficara daquele jeito.

O conselheiro falou comigo, com a minha mãe e deu uma advertência a ela. Disse que eu não podia faltar mais e que, se aquela conversa não desse resultado, ele ia encaminhar o caso ao promotor. Falou firme, e parecia que dessa vez a mãe tinha resolvido levar a sério.

Ele perguntou um monte de coisas pra mãe, principalmente sobre o porquê das minhas faltas. Ela falou a verdade, disse que não tinha marido, não tinha emprego e só dava pra viver desse jeito: pedindo esmolas.

O conselheiro foi anotando tudo o que ela falava e disse que ia mandar uma assistente social lá em casa, para ela avaliar a nossa situação.

Foi o que aconteceu. Eu até achei que foi bom. A assistente social disse à minha mãe que o lugar onde ela trabalhava, a Secretaria de Promoção Social da Prefeitura, estava desenvolvendo um projeto de apoio às famílias mais carentes.

Fiquei escutando a conversa delas duas sem interromper, porque eu estava muito interessado em saber como era. Tudo que pudesse vir a ajudar a mãe a se animar e dar uma mudada na nossa vida me dizia respeito.

Ela falou que ia encaminhar minha mãe a um desses grupos de atendimento. Lá, eles iam ensinar um ofício para ela. Tinha artesanato, costura, manicure e até curso para aprender a fazer salgadinho. Com isso, depois que ela aprendesse uma profissão, ela poderia ganhar a vida trabalhando e nos sustentando.

— E quando é que começa esse curso? — a mãe perguntou.

— Vou marcar para a senhora começar na semana que vem. Eu tenho certeza de que vai gostar. Vai conhecer bastante gente, todos querendo aprender alguma coisa para melhorar a vida.

— Pode marcar. Eu vou, sim.

Lembrei do bilhete da professora. Fiquei imaginando se a mãe não ia inventar de não aparecer no tal curso.

Quando a assistente social foi embora, eu achei melhor tirar essa minha dúvida.

— A senhora vai mesmo, né, mãe?

— Ué! Não falei que ia?

— É, mas na escola...

— A escola é a escola. Isso é outra coisa. Acho que vou me inscrever naquele curso de salgadinho. O que você acha, Bruno?

— Uma ótima ideia, mãe!

— Acho que eu não levo jeito nem pra manicure nem pra costura. Sua mãe é meio desajeitada pra essas coisas, Bruno! Mas cozinhar até que eu gosto.

A mãe conversou comigo bem animada. Fiquei superfeliz! Pela primeira vez, percebi que ela estava pensando em dar um jeito na nossa vida. Já estava mais do que na hora de a mãe se sentir disposta a fazer alguma coisa por nós e por ela também. E eu estava torcendo muito para que tudo desse certo.

PELA MANHÃ

No dia seguinte, fui à escola com a Marcela. Acabamos nos encontrando no meio do caminho, coisa que nunca acontecia. Fomos conversando e acabei contando pra ela o que eu tinha naquele dia em que falei com a dona Lúcia.

Também ela já sabia mais ou menos dos meus problemas. Com ela eu conseguia conversar. Engraçado isso, não é? Sei lá, a Marcela me deixava mais à vontade pra falar as coisas.

Falei sobre a assistente social que tinha ido lá em casa e a respeito daqueles cursos.

— Que bom, Bruno!

— É, mas... sei lá. De repente ela muda de ideia... sabe como é a minha mãe...

— Ih, Bruno! Não pode pensar assim, não! O que é isso! Sua mãe demorou tanto pra se decidir, agora você fica aí, com o pé atrás? Tem que confiar!

— Tudo bem. Vou tentar me animar. Ela também me disse que ia ver se conseguia algumas faxinas pra fazer. Enquanto ela não termina o curso, sabe? Finalmente ela concordou em colocar os manos na creche, mas pra isso ela primeiro precisa arrumar um trabalho.

— Ah, é? Que coisa boa, Bruno! Tá vendo? Não tem por que ficar desanimado.

— É. Acho que você tem razão. Parece que as coisas vão melhorar.

Depois de um tempo caminhando em silêncio, eu disse:

— Sabe, Marcela, quando eu e a minha mãe fomos conversar no Conselho Tutelar, eu achei que ela voltou de lá meio triste.

— Triste?

— É. Triste. Ficou quieta num canto, não queria saber de conversa... de nada. Minha mãe nunca foi de demonstrar o que estava sentindo. Só que dessa vez dava pra eu perceber. Ela estava triste, sim.

— Vai ver começou a pensar mais em você, no que tinha sido a vida dela até aquele momento...

— Pode ser. Sabe que eu acho que a dona Lúcia tem razão quando diz que a minha mãe se faz de durona, mas sofre bastante com a nossa situação? Ela tem que criar nós quatro sozinha. Até hoje, pra ela, o mais importante era não deixar nenhum de nós passar fome. O resto não tinha importância alguma.

— Sabe, Bruno, a dona Lúcia falou pra você uma coisa que eu também concordo. Se a sua mãe arrumar um trabalho, conhecer novas pessoas, se envolver com alguma coisa que ela goste de fazer, tenho certeza de que ela vai ser mais feliz.

— Também acho, Marcela. Por isso que eu quero estudar, trabalhar, sair dessa vida de ficar pedindo esmolas por aí. Essa vida não leva ninguém a lugar nenhum. Quero vencer pelo meu esforço, pelo meu trabalho.

— E eu tenho certeza de que um dia eu vou ver você numa boa, Bruno. Superfeliz.

— Tomara!

— O que não pode é desistir. Isso é que não pode, viu?

SONHOS

Quando cheguei da escola, só o Paulinho estava em casa. A mãe tinha saído. E não adiantava perguntar aonde ela tinha ido, que ele nunca sabia. Só mandava o garoto ficar grudado no barraco para que não entrasse ninguém.

Não demorou muito, a mãe chegou com os manos.

— A dona Maria me falou de uma mulher que tá precisando de alguém pra passar roupa — foi logo dizendo, sem que eu perguntasse nada.

— Ah, é? — Fiquei entusiasmado.

— É. Falei que eu vou. Se não for muita roupa, acho que dá pra pegar, sim. Você sabe, filho, essa perna não ajuda, e, se for pra ficar muito tempo em pé, sei não...

— Vai dar tudo certo sim, mãe — falei, tentando animá-la. — E o curso de salgadinho? — lembrei. — E se for bem no dia que a senhora vai passar roupa?

— Fica tranquilo, Bruno. Vou ver tudo isso. Agora é só arrumar a vaga na creche e tudo bem.

A mãe conseguiu o serviço e também acabou arrumando mais uma casa para passar roupa. Ela estava trabalhando dois dias por semana e em outros dois dias ela ia até o Centro Comunitário de um dos bairros vizinhos aprender como se faz salgadinho.

Ela estava toda animada. Não via a hora de começar a fazer em casa e a ganhar dinheiro com isso. Algumas vizinhas acabaram entrando nesse curso com ela, acharam a ideia ótima. Até a dona Maria resolveu fazer. O curso dela era de corte de cabelo. Que legal! A dona Maria cabeleireira...

Não foi fácil conseguir vaga para o Émerson e a Daiane nessa época do ano. Mas até a dona Lúcia tinha ido à creche conversar e acabou nos ajudando.

Só não conseguiu para o Paulinho, que já estava na idade de ir para a pré-escola e isso só seria possível no começo do próxi-

69

mo ano. Mas a dona Maria se ofereceu para ficar com ele nos dias em que a mãe fosse trabalhar. Depois, quando eu chegasse da escola na hora do almoço, traria o Paulinho para casa e ficaria tomando conta dele.

A mãe voltava do trabalho sempre com um pouco de dinheiro, por isso ela nem estava reclamando tanto das suas dores nas pernas.

O Émerson e a Daiane tomavam o café da manhã, almoçavam, tomavam banho e até jantavam na creche. Chegavam tão limpinhos e cheirosos que nem pareciam as mesmas crianças.

A mãe pegava os dois no portão e os levava para casa, toda animada. Ela até conseguiu arrumar outra casa para fazer faxina.

Na minha escola tudo estava indo bem. Comecei a acompanhar melhor as matérias e sentia menos dificuldade. Também, a Marcela me ajudou bastante.

Num dia depois da aula, eu e a Marcela paramos no campinho para conversar. Colocamos nossos materiais no chão e nos sentamos sobre eles.

— Eu gosto daqui, Bruno — ela começou dizendo.

— Eu também. Quer dizer, queria morar numa casa mesmo, de verdade. Mas não sei... acho meio difícil.

— Por quê?

— Ah! Dinheiro entra em casa só pras despesas... Tem hora que a mãe reclama que tá cansada, que isso, que aquilo.

— Bruno, não vá parar de estudar outra vez, pelo amor de Deus!

— Não! Claro que não!

— Ah, bom...

— Já botei uma coisa na minha cabeça: quero ser engenheiro. Quer dizer, esse é o meu sonho. Sabe, Marcela, às vezes eu olho isso tudo. Desde pequeno venho aqui pra ter um pouco de sossego. Minha casa é um aperto só, não tem quintal, não tem nada. Se saio na porta dou de cara na rua, com toda aquela gente passando...

Marcela me olhava com ternura, sem dizer nada.

— Aqui, Marcela, é o meu quintal. O lugar em que eu posso respirar, pensar e sonhar sossegado. — Parei de falar por um instante e depois continuei: — Eu não sou bobo, Marcela. Eu sei que estudar Engenharia é um sonho quase impossível... mas é o meu sonho. E eu tenho o direito de sonhar. Como todo mundo. E você? Você sonha em ser o quê?

— Eu? — ela espantou-se com a pergunta.

— É, você mesma. Médica, professora... o quê?

— Ah... Eu não pensei nisso ainda, não...

Nós dois ficamos quietos, só olhando para o céu.

— Bruno... eu gosto daqui — ela disse. — Vocês são tão amigos...

Marcela parou de falar por um momento. Parecia triste, sei lá. Deu pra notar um olhar diferente, distante.

— Sabe, Bruno, se algum dia a gente se separar, fique sabendo que eu o considero um grande amigo. Não tive muitos assim como você nos lugares em que morei.

— Por que você fala em separar? — estranhei.

— Porque eu já lhe expliquei como é o meu pai.

— Ah... mas eu acho que ele vai dar um tempo por aqui. Afinal, vocês acabaram de chegar, não é mesmo?

— Isso é. Você me perguntou agora há pouco sobre o meu sonho, não é mesmo? Pois eu sonho um dia poder ficar num lugar só. É esse o meu sonho.

— É um sonho diferente...

— Eu nunca tenho amigos, Bruno. Quando faço amizades de verdade, lá vem meu pai com essa história de mudança, outra vez. Parece que não termina nunca!

— Quem sabe agora termine.

— É. Quem sabe...

TRISTEZA

Não muito tempo depois daquela nossa conversa no campinho, Marcela faltou. Eu estranhei, porque, desde o primeiro dia em que ela começou a estudar na nossa escola, ela nunca tinha faltado.

Uma luzinha dentro de mim dizia que alguma coisa estava errada. Não sabia dizer por quê.

Fui andando para casa, procurando pensar que era coisa da minha cabeça.

Ora! Todo mundo falta um dia. Ou porque está doente ou porque perdeu hora... Sei lá!

Passei pelo campinho. Não tinha ninguém. Lembrei-me da minha pipa colorida, no céu. Deu saudade.

Marcela tinha se tornado a pessoa mais querida da minha vida. Sem contar a dona Lúcia, antes nunca ninguém tinha demonstrado tanto afeto, tanto carinho.

Está certo que eu tinha amigos na minha rua, na minha classe... Eles eram legais, a gente se dava bem. Mas com a Marcela era diferente. Era difícil pra mim poder me abrir com o Ricardo, por exemplo. Já com a Marcela, isso não acontecia. Ela me entendia tão bem! Nem parecia que era quase dois anos mais nova que eu.

Tive vontade de correr naquele quintal que não era mais só meu, era da Marcela também.

Eu contava tudo para ela. As coisas que a mãe fazia, os irmãos, as dificuldades, o pai que nunca conheci e o padrasto que só tinha aparecido para colocar filho no mundo. Falava da escola, em que agora eu estava indo bem, da dona Lúcia, que era meio professora, mãe e amiga, tudo junto...

Resolvi dar um pulo na casa dela. Saber o que tinha acontecido, se precisava de alguma coisa.

Chegando lá, de novo aquela luzinha piscando, piscando forte dentro do peito.

Foi a vizinha que apareceu na porta para falar comigo.

— Procurando alguém?

— É. A Marcela.

— Xi... Perdeu viagem! Foram embora cedinho!

— Embora? Mas ela não me falou nada!

— Pois é. Parece que o seu João resolveu assim, de última hora. Não se despediram de ninguém, não.

— E a senhora sabe pra onde eles foram?

— Sei não.

— A Marcela não falou nada, não deixou nenhum recado pra mim?

— Não. Pelo menos não comigo.

Fiquei em silêncio por um instante, depois me despedi da mulher.

— Tá bom. Obrigado.

Saí de cabeça baixa, muito triste. Como é que a Marcela vai embora assim, sem mais nem menos? Poxa, nem pra me avisar!

Fui caminhando sem vontade de ir, sem vontade de pensar. Passei na casa da dona Maria e peguei o Paulinho.

— Quer uma bolacha, mano? A dona Maria me deu.

Olhei para ele, sem dizer nada.

— Pega uma. Toma!

Vi a mãozinha fina do meu irmão me estendendo a bolacha.

— Não quero, Paulinho. Fica pra você.

Meu irmão levou a bolacha à boca, deu uma mordida e depois falou:

— Sabe, Bruno, acho que a mãe tá namorando...

— O quê?

— É. Esqueci de falar. Ontem apareceu um homem lá em casa, pegou ela e saiu. Nem sei quem era, nunca vi, mas deve ser namorado. Você não acha, mano?

Eu não achava nada. Só queria saber por que a Marcela tinha ido embora.

O NAMORADO

O Paulinho acertou mesmo: a mãe arrumara um namorado. Eu estava muito distraído com a escola e com as conversas com a Marcela, senão eu teria percebido.

A mãe deu uma mudada. Estava se arrumando um pouco melhor, até cortara o cabelo. No começo, achei que uma coisa não tinha nada a ver com a outra. Só que quando uma mulher que nunca ligou para a aparência feito a minha mãe começa a se cuidar...

Ele se chamava Rogério e ela parecia bastante empolgada. Ficou muito brava com o Paulinho quando ele me contou. Chamou o moleque de boca larga, disse que ele não conseguia ficar de boca fechada um só minuto e que era ela quem queria me contar. Disse também que estava gostando mesmo desse Rogério.

Perguntei quem era, se morava perto. Ela me disse um sonoro "Não! Imagine! O Rogério mora perto da casa de uma das patroas. É viúvo, já tem filho moço, casado. Coitado do Rogério! Ele é tão sozinho..."

Coitado do Rogério? Nunca vi a mãe falando coitado de ninguém. Muito menos por causa de solidão...

Ela disse que ele trabalhava de vigia noturno. Que o dinheiro não era muito, mas dava pra se virar.

Bom, eu nunca tinha me metido na vida da mãe; não era naquela hora que isso ia acontecer.

Mas ela parecia feliz e eu fiquei contente por isso.

E eu... bem, eu estava triste pra caramba! Achei que nunca mais fosse ver a Marcela, conversar com ela, até que o tempo passou e a dona Vilma, moradora lá da primeira casa dos barracos, veio me chamar.

A CARTA

Foi numa manhã de sábado que a dona Vilma apareceu em casa, gritando:

— Ô Bruno! Ô Bruno!

Saí para atender a mulher.

— Chegou uma carta pra você — ela disse, sacudindo o envelope na mão.

— Carta? Pra mim?

Eu não vi, não tinha espelho nem nada, mas sei que meus olhos brilharam só de imaginar de quem poderia ser.

— É. Você sabe que o carteiro não entra aqui no meio dos barracos. A menina devia saber o meu endereço. O moço deixou a carta ontem à tarde. Não deu pra eu vir trazer antes.

Peguei a carta da mão da dona Vilma e virei o envelope, afobado para confirmar o remetente. Era dela. Abri um sorriso e disse:

— Obrigado, dona Vilma. Obrigado mesmo!

Não entrei para ler. Saí correndo e fui direto ao meu lugar preferido. Com o coração batendo forte, quase saindo pela boca, comecei a ler.

"Querido Bruno, demorei um pouco pra escrever porque eu ainda estava procurando escola e ajudando minha mãe a arrumar a casa.

Sabe que é uma casa mesmo? Queria que você visse. Eu e o meu irmão temos um quarto só nosso e o pai e a mãe têm um só pra eles também. A casa é pequenininha, mas é uma casa, de tijolos, igual à que a minha mãe vivia sonhando. Não é uma maravilha? Sei que logo, logo você vai conseguir se mudar para uma dessas também.

O sexto ano daqui não é tão legal quanto o nosso. Tem umas menininhas meio enjoadas. Tem uma, com um nariz empinado que, quem vê, pensa que é a rainha da Inglaterra! Mas quê! É pobre que nem a gente. Coitada! Deixa ela, né?

Fiz amizade com quase todo mundo já, mas sinto tanta saudade do pessoal daí! Mas também, Bruno, do jeito que o meu pai é, qualquer hora ele inventa de se mudar de novo e, quem sabe, eu volto a morar aí outra vez?

Sabe, eu vou ter que estudar muito neste final de ano, porque a matéria tá bastante diferente! Mas isso eu tiro de letra! Não é a primeira vez que mudo de escola e enfrento sempre esses mesmos problemas.

Bruno, tô morrendo de saudades de você. Espero que não esteja zangado comigo. Pelo menos não muito. A culpa não foi minha.

Meu pai recebeu uma carta do meu tio falando de um serviço melhor. Ia pagar mais do que ele estava ganhando aí. No mesmo dia mandou avisar o patrão que estava indo embora.

Meu pai é assim mesmo. Já pensou se ele chegasse aqui e não tivesse mais serviço? Mas graças a Deus isso não aconteceu.

Foi por isso que eu não avisei nada, Bruno. Foi um corre-corre para arrumar as coisas! Só deu tempo de a minha mãe pegar a transferência da escola, bem à tardinha. Mais nada. Eu tive que ficar em casa com o Luís, ajudando meu pai. Nem saí.

Mas eu pensei muito em você. E não via a hora de lhe escrever pra contar tudo.

Bom, vou terminando porque a mãe tá precisando de mim. Ela agora também tá trabalhando e eu é que fico tomando conta da casa.

Aprendi a cozinhar. Tem vez que eu erro na quantidade da água do arroz, ou às vezes é o sal que eu exagero, mas tem dia que a minha comida sai supergostosa. Qualquer dia vou cozinhar pra você ver. Quer dizer, pra você comer.

Me escreva logo, o mais rápido que puder, tá bom?

Ah! E mande um beijo pro pessoal e em especial pra dona Lúcia. Fale que as professoras daqui nem se comparam com ela, viu?

Um beijão. Marcela."

Voltei para casa querendo escrever logo. Abri a porta e, assim que a mãe me viu, mandou que eu fechasse os olhos que tinha surpresa. Quando ela disse "pronto", vi a mãe com as mãos escondidas atrás das costas.

— Que é isso, mãe? Tá escondendo o que, hein?

A mãe não era de sorrir muito. Isso foi o que eu mais estranhei.

— Adivinhe o que eu tenho aqui, filho!

— Nem imagino!

— Comprei uma coisa pra você!

A mãe mostrou as mãos que seguravam o presente. Olhei para ela sem compreender direito o que significava aquilo.

— Uma pipa? — espantei-me.

— Não é uma beleza, filho? É lógico que não é igual àquela que você fez... A sua era mais bonita...

— Uma pipa, mãe?

— Ué! Por que essa cara? Você não era louco por pipa?

— É que ele tem namorada agora, mãe. — Paulinho se intrometeu na conversa. — Dá ela pra mim.

— Não é nada disso, Paulinho! É que eu fiquei surpreso, só isso. Não imaginava que a mãe fosse gastar dinheiro com essas coisas...

— E não gastei mesmo. Foi o Rogério que quis comprar pra você. A gente tava passando em frente a um bazar e eu disse a ele que uma vez eu tinha vendido a sua. Ele quis comprar. Acho que foi pra me agradar...

— O Rogério...

— É. O Rogério mesmo. Qual é o problema, Bruno? Se não quer, dou pro Paulinho.

— Oba! — gritou meu irmão.

— Paulinho, espere um pouco, menino! — Desviei a atenção do meu irmão e perguntei pra mãe: — O Rogério me mandou esta pipa de presente? Mas ele nem me conhece!

— E daí? Grande coisa! Ele conhece a sua mãe! Já não é o bastante? Aliás, filho, não é pra querer me gabar não, mas o Rogério tá caidinho por mim. Tá apaixonado.

— Verdade, mãe?

— E eu ia mentir por quê? Ficou bobo, Bruno?

— Não, não é que a senhora fosse mentir, é que... Bom, a senhora também tá gostando dele? De verdade?

— Eu? Ah, o Rogério é um homem bom. Sabe, Bruno, toda vez que eu ia limpar a frente da casa da patroa, ele aparecia. Foi aparecendo cada vez mais, até que acabou dizendo que queria me namorar.

— Tomara que ele seja bom pra senhora, mãe.

— Vai ser, meu filho. Vai ser.

REENCONTRO

Fui para o campinho e levei a pipa. Quanto tempo fazia que não via uma assim, tão perto, tão grande! A última foi exatamente a do irmão da Marcela.

Corri pelo campo, soltei toda a linha da lata e fiquei observando a pipa ganhar altura, até tornar-se pequenina, do tamanho da palma da mão.

Fiquei pensando na minha mãe. Ela estava feliz. Dava para perceber. Uma vez peguei a mãe cantando, enquanto fazia a mamadeira do Émerson e da Daiane. Imagine! Ela sempre resmungava quando eles choravam de fome!

Pensei na dona Lúcia. Ela vivia conversando comigo pelos cantos da escola. A mãe até falava que "aquela professora só enche sua cabeça de sonhos!" Ué, então tudo o que ela me falava não passavam de "sonhos"? Por que para algumas pessoas aquilo não era sonho coisa nenhuma, era tudo coisa verdadeira?

Ela sempre me falava que eu poderia ter qualquer coisa que quisesse na vida. Só era preciso lutar. Lutar com força, com bastante vontade.

Acho que isso me ajudou a colocar a minha cabeça em ordem. Compreendi que eu também tinha o direito de sonhar como todo mundo. Ora, por que eu não poderia estudar, crescer e trabalhar? Não era isso que acontecia com as pessoas?

Não ia querer parar de estudar como já tinha acontecido duas vezes. Eu tinha certeza de que isso eu não queria mais. Tinha planos para estudar, trabalhar e, quem sabe, logo conseguir morar numa casa de verdade. Como a Marcela.

O vento batia em meu rosto e era tão gostoso! Às vezes eu pensava que ficava no campinho com a pipa só para sentir essa sensação tão boa que o vento me trazia. Era como se ele jogasse meus pensamentos para o alto, junto dela.

Quando queria pensar, descansar, esquecer, enfim, sonhar, eu pegava a minha pipa e vinha pro campinho. Acho que ela sempre foi uma desculpa para eu poder voar, deixar o vento carregar meu pensamento lá pro céu.

MUDANÇAS

Estava quase chegando o final do ano. Logo, logo entraríamos todos em férias.

Consegui tirar notas boas e deu para recuperar as péssimas que tirei no primeiro semestre. Os professores foram bons comigo, acho que estava todo mundo torcendo para que eu ficasse na escola até o fim do ano.

A dona Lúcia disse, aquela vez, que, se eu não faltasse mais nenhum dia, eu não ia ter problemas com excesso de faltas. Estava no limite. E eu cumpri o prometido.

Logo a mãe ia terminar o seu curso no Centro Comunitário. Ela andou me contando que até conversou com algumas mulheres para fazerem todas juntas os salgados e venderem depois. No começo podia ser na casa de qualquer uma delas mas, mais tarde, quem sabe elas encontrassem um lugar mais apropriado. Aqui no bairro mesmo, pertinho de casa. Ela me falou que o coordenador dos cursos disse que isso se chamava cooperativa. É todo mundo trabalhando para todo mundo. Achei essa ideia muito legal.

Eu e a Marcela estávamos nos correspondendo. Ela estava bem, contente com a nova vida. Só sentia falta dos amigos que tinha feito aqui na minha escola. E de mim também, é claro.

Escrever era um jeito que nós tínhamos encontrado para matar um pouco a saudade. Até um pessoal da classe me pediu o endereço porque queria escrever pra ela também. A Marcela era muito querida. Não havia quem não gostasse dela. Mesmo o Ricardo, que, no começo, vivia chamando a Marcela de frescurenta, acabou percebendo que ela era muito legal. É que cada um tem o seu jeito. O Ricardo também não era todo estabanado? E nem por isso a gente deixava de gostar dele, ora essa!

A minha mãe estava namorando o Rogério e cada vez mais falando nele. Até o levou em casa para eu conhecê-lo. Realmente era um cara simpático. Bastante simples e muito bacana. Só que era bem mais velho do que eu imaginava.

A mãe tinha trinta e cinco anos. Está certo que a sua aparência era de uns dez anos a mais. Pelo menos. Mas o Rogério devia ter quase sessenta! Eu me perguntava: não era muito velho pra mãe, não?

Quando olhei pra ele, logo imaginei que em vez de padrasto eu estava ganhando era um avô! Também, nunca tive avô! Do que é que eu estava reclamando, ora essa!

Pouco tempo depois que eu conheci o Rogério, a mãe veio conversar comigo:

— Sabe, filho, eu tô meio cansada de cuidar de tudo sozinha. Vocês precisam de um pai, não acha?

— Não sei o que é ter pai em casa, mãe. Não faz diferença.

— Ah! Faz, sim! Quero alguém pra me ajudar, alguém pra pôr o que comer em casa...

Não falei nada. Deixei a mãe continuar.

— Sabe, filho, falei pras patroas que eu vou casar e parar de trabalhar logo.

— A senhora falou o quê, mãe? — Levei um baita susto nessa hora.

— Ah, filho! O Rogério tem o salário de aposentado, mais o de vigia noturno... vou voltar a tomar conta da casa e das crianças. Ele disse que dá pra sustentar nós cinco.

— Seis, a senhora quer dizer. Será que dá mesmo, mãe?

— Dá, sim, filho. Qualquer coisa, eu volto a procurar serviço.

— E a cooperativa? Vai desistir?

— Não é que eu vá desistir, Bruno. É que logo, logo, nós vamos nos mudar pra casa dele. Aí fica difícil eu vir trabalhar aqui, num bairro meio longe de onde a gente vai morar. Mas as mulheres estão empenhadas e vão fazer de qualquer jeito!

Eu ia abrir a boca para falar alguma coisa, mas a mãe percebeu e continuou:

— Você e o Paulinho vão pra escola. Pode ficar sossegado.

E fiquei mesmo. Até deixei escapar um suspiro de alívio. Por um momento, achei que a mãe estava pensando que eu devia faltar de novo pra pedir na rua. E isso eu não queria mais de jeito nenhum.

— O seu Rogério concordou mesmo, mãe?

— Mas é claro que concordou! Já tá tudo certo, Bruno. Nós vamos sair daqui. Vamos lá pra casa dele. Pensou? Morar numa casa de verdade? Chega de preocupação se vai fazer frio ou se a chuva vai derrubar nosso barraco.

Aquilo era tão bom que eu até tinha medo de acreditar. E se desse tudo errado? E se o Rogério descobrisse, de uma hora pra outra, que não gostava mais da mãe, como tinha acontecido com o meu pai e o meu padrasto? Aí a gente simplesmente ia pegar as coisas e voltar pro nosso barraco? A mãe ia cair em desespero e eu é que ia ter que pedir as coisas na rua de novo?

Eu pensava em tanta coisa! Mas a mãe parecia não ter preocupação com nada. Ela continuou falando comigo:

— Quando estes dois aqui crescerem — a mãe olhou para os manos caçulas —, eles também vão pra escola. O Rogério faz questão. Por enquanto, eu tomo conta. Deixa o trabalho pro futuro pai de vocês. Ele é homem, vai melhorar a nossa vida, você vai ver.

A mãe ainda achava que quem tinha a obrigação de sustentar a família era o homem. Sei lá quem enfiou essa ideia na cabeça dela. Num mundo como o de hoje, em que as mulheres conseguiam tanta coisa sem depender de marido, eu ficava muito admirado de ver minha mãe pensando assim.

Mas a vida era dela. Até aí, desde que ela não me fizesse ficar faltando ou parar de estudar, tudo bem.

Acho que ela finalmente estava vendo que, não só eu, mas o Paulinho, o Émerson e a Daiane, estes quando estivessem na idade, é claro, tinham o direito de estudar e, mais tarde, ter uma profissão para conseguir um trabalho de verdade.

ESPERANÇAS

Eram sete horas da manhã. Eu estava indo para a escola, pensativo. Ainda bem que nenhum colega meu tinha passado em casa, porque, quando eu estava assim, "viajando", preferia ficar sozinho.

Gostava de escutar os barulhinhos da rua, de gente passando, das portas e janelas se abrindo. Gostava de ficar conversando comigo mesmo. Desde pequeno tinha esse jeito. Eu perguntava, eu mesmo respondia, via se estava certo, se estava errado... e isso só dava pra fazer sozinho.

Muitas vezes pensei que a minha vida tinha que mudar. Que não estava certo um monte de coisas, mas eu não conseguia entender por que, nem encontrar solução nenhuma.

Aos poucos, escutando uma pessoa aqui e ali, conhecendo pessoas como a Marcela, a dona Lúcia e até o próprio Rogério, tudo isso foi me ajudando.

O Rogério gostava de conversar comigo. Toda vez que ia em casa, ele chegava perto de mim e me perguntava como estavam indo as coisas, se eu estava indo bem na escola...

Ele sempre dizia que estava cansado de viver sozinho e que a solidão era uma das coisas mais tristes na vida. Que depois do casamento do seu único filho, sua vida foi ficando sem graça. Passava os dias vendo tevê, no bar tomando uma cervejinha ou na fila do banco, no dia de receber a aposentadoria. Disso ele não reclamava, não. Dizia que era até gostoso, porque pelo menos a hora passava, o dia passava... e aí chegava à noite e ia pro seu emprego de vigia noturno.

Ele contou que sua vida também não tinha sido muito fácil. Com a minha idade ele já trabalhava ajudando o pai dele. À escola só tinha ido para aprender a ler e a escrever. Nada era fácil, mas com seu trabalho foi melhorando, e era graças a ele que hoje tinha casa pra morar.

Eu ficava pensando se a minha vida era assim porque não tinha nem pai nem padrasto. Só que aí eu me lembrava de outros amigos que eu tinha. Como a Ana Maria, uma menina lá da minha classe, que também não tinha pai, só a mãe. E era a mãe quem trabalhava para sustentar a Ana mais a irmãzinha.

Eu sempre me perguntava como é que uma pessoa tão diferente da minha mãe, como o Rogério, poderia gostar dela e querer morar junto? Será que ele não conhecia direito a minha mãe? Será que ela ia mudar o seu jeito depois que passasse a viver com ele? Será que foi por causa dela que meu pai e o meu padrasto foram embora?

O Rogério parecia tão bom pra ela! E ela estava tão feliz! Acho que a mãe estava mesmo precisando de amor para dar um jeito na vida dela. Ela estava começando a se gostar de verdade.

Eu queria muito que o Rogério fosse feliz com a minha mãe. Ele era um cara legal. Merecia mesmo. Mas estava na hora de eu começar a cuidar mais de mim.

Como eu já disse várias vezes, eu sabia que a minha vida precisava mudar. Antes eu não sabia como e vivia conformado com toda aquela situação, mas com o tempo fui aprendendo que as coisas poderiam ser de outro jeito. Não era tão difícil assim. Só tinha que começar dando um passo de cada vez. E o meu primeiro passo era estudar e frequentar direito a escola, como todo mundo.

UMA NOVA VIDA

Não fui direto para casa quando saí da escola. Fui para o meu quintal. Sentei em cima do meu material como eu gostava de fazer, olhei para o céu e fechei os olhos.

Tinha aprendido tanta coisa nesses últimos meses! Tinha aprendido a fazer planos, a acreditar. E eles passavam pela minha mente como se a minha cabeça fosse uma tela de cinema.

Dei mais um tempo lá no campinho. Depois fui para casa almoçar. Fiquei um pouco com o Paulinho vendo tevê. A mãe tinha saído com o Émerson e a Daiane. Não falou aonde ia.

Levantei-me do sofá e fui para a porta. Dei uma olhada ao redor. Dona Maria estava lavando roupa, cantarolando. Um molequinho da outra vizinha estava chorando, correndo atrás do irmão mais velho, com um caminhãozinho na mão.

Dei as costas para a rua e olhei dentro de casa. Encostei no batente da porta e fiquei observando o meu irmão.

— Que foi? — Paulinho perguntou.

— Você ainda quer a pipa?

— Claro! — Paulinho deu um pulo no sofá. — Você não quer mais, não?

— Prefiro dar pra você. — Tirei a pipa de cima do guarda-roupa e entreguei na mão do Paulinho. — Quer aprender? Tem que ser muito bom pra deixar ela lá no alto.

— Eu quero!

— Então, vamos!

Desliguei a televisão e estendi a mão para ele. Paulinho ia pegar na minha mão, mas parou de repente.

— Espera aí, Bruno.

— Que é que foi?

— A mãe não vai gostar se a gente deixar o barraco sozinho.

— Ah, deixa um pouco a mãe pra lá. A dona Maria tá aí do lado. Ela não vai deixar ninguém entrar aqui.

O menino pensou um pouco e depois sorriu.

— Tá legal.

No caminho, voltei a observar as pessoas que passavam. Homens voltando do trabalho; mães com os filhos pequenos no colo; crianças com um brinquedo nas mãos. Segurei firme a mãozinha do mano e falei:

— Sabe, Paulinho, eu tive pensando...

— Em quê? — perguntou, sem desviar os olhos da pipa.

— Na vida da gente.

— Que é que tem a vida da gente?

— Tem que ela não precisa ser sempre assim. Você não acha?

— Eu? Sei lá. A mãe falou que a gente vai sair daqui não demora muito. Acho que é na semana que vem.

— Independente disso. Não é só a respeito da nossa mudança de casa que eu estou falando. A nossa vida pode mudar, de verdade, se a gente lutar pra isso. Sabe, Paulinho, eu tô cheio de planos. Quero estudar, trabalhar... Crescer como todos os meus amigos da escola, sonhando com o futuro. Aprendi que isso é justo. Não é só um privilégio de alguns. Todo mundo pode sonhar em melhorar de vida. Você já sonhou com o futuro, Paulinho?

Meu irmão estava distraído, olhando sua pipa. Ergueu o braço, esticando um pedacinho de linha.

O vento estava bom, tinha aumentado. Logo sua pipa ia estar lá no alto. Logo ela ia ser a mais bonita estrela do céu. A estrela do Paulinho.

— Que foi que você disse mesmo, Bruno? — ele me perguntou.

Eu sorri em vez de responder. Essas coisas que me preocupavam, que fundiam a minha cabeça às vezes, não eram as mesmas preocupações do mano.

Eu olhei pra ele e vi a sua alegria. Não me lembrava de ter visto o Paulinho assim, tão contente.

Não era só o Paulinho. Eu também estava feliz. Tinha uma certeza dentro de mim, que me dava uma força, uma coragem, que me enchia de energia e de vontade de vencer.

Tinha parado com aquela história de achar que escola não era pra mim. Que eu era diferente mesmo, que eu tinha uma vida dura e ninguém tinha nada a ver com isso.

Também acabei vendo que eu era muito diferente da mãe. Eu não tinha que ser igual, aprovar tudo o que ela fazia só porque ela era minha mãe. Não concordava com ela em muitas coisas. Tá certo, eu sempre obedecia, mas comecei a achar que era hora de lutar por aquilo em que eu acreditava.

Também tinha o Rogério. Ele era um amigo, acreditava em mim, dava a maior força.

O vento estava forte. O Paulinho soltou um pedacinho da linha e a pipa já começou a balançar, querendo logo voar e se sentir livre no céu.

— Olha, Bruno! Que baita ventania!

— Solte a linha, Paulinho! O vento está tão bom que você não precisa nem correr. Olha lá! Ela já está indo embora! Vai, mano! Dê mais linha! Anda!

Vi aquela pipa, que não era minha mais, subir e ganhar altura. Quanto mais ela subia e se tornava pequenininha, mais meu coração se enchia de alegria. Era uma alegria estranha, mas era alegria.

Acho que eu não sentia aquilo fazia muito tempo. Muito tempo mesmo.

DE VOLTA À REALIDADE

A̧BRI os olhos devagar. Estava deitado na grama, com a sombra da árvore, tão fraquinha agora, cobrindo o meu rosto.

Que horas deviam ser? O sol já estava quase indo embora. Logo ia anoitecer.

Lembrei-me da pasta com os documentos. Num pulo, sentei-me na grama e olhei rápido ao meu redor. Ela estava lá, do meu lado. Tirei os elásticos e abri a pasta. Fiquei olhando para toda aquela papelada e peguei o que eu considerava mais importante naquela hora. Li em voz alta: "Requerimento de Matrícula... segundo ano do Ensino Médio...". Uma grande satisfação tomou conta de mim. Dei um sorriso.

Não repeti nem aquele 6º ano nem os anos seguintes. Só que não fiquei na mesma escola.

Quando eu, a minha mãe e os meus irmãos nos mudamos para a casa do Rogério, eu tive que mudar de escola também. Foi só o tempo de acabar o 6º ano lá, pois havia uma escola no mesmo bairro onde eu estava morando. A outra era muito longe.

Foi com tristeza que deixei a minha turma da rua, os meus amigos da classe e principalmente a dona Lúcia. Ainda falei para a minha mãe que eu não queria mudar de escola, que eu tomava ônibus todo dia, eu não ligava. Mas acabei vendo que eu ia gastar muito dinheiro com passagens de ônibus. Pra que, se tinha uma escola tão pertinho?

Eu estava agora há pouco nesta mesma escola. Pedi para sair mais cedo do trabalho e fui fazer minha matrícula.

Estou trabalhando desde o segundo semestre do nono ano. Consegui um trabalho na parte da tarde até a noite num supermercado aqui do mesmo bairro. Estudava de manhã e entrava logo após o almoço.

Não foi muito fácil no começo, pois eu não estava acostumado. Estudar para as provas ou fazer os trabalhos, só mesmo nos finais de semana. Então, eu procurava prestar bastante atenção às aulas para depois não ter que me preocupar demais com as notas. Faltar, nunca mais faltei. Pelo menos não daquele jeito, é claro.

Ainda continuo nesse mesmo supermercado, só que não mais como pacoteiro. Desde o começo deste ano comecei a trabalhar como caixa. E o meu horário também mudou: trabalho durante o dia e estudo à noite.

É uma sensação muito boa saber que posso ajudar a minha família com o meu trabalho. Antigamente eu só conhecia um jeito de ajudar: pedindo.

Estou me dando superbem lá. O pessoal gosta de mim. Eles dizem que sou muito esforçado. Queria que a dona Lúcia ouvisse isso.

Tenho saudades dela. Algumas vezes fui até a escola fazer uma visita, mas ultimamente não tem sobrado tempo. Faz meses que não a vejo.

Falando nisso, também faz tempo que a Marcela não me escreve. Depois daquela cidade em que ela foi morar quando estávamos no 6º ano, ela já me escreveu de mais duas cidades diferentes. Acho que o pai da Marcela ainda não realizou o sonho dela.

Minha mãe está bem em casa, cuidando das crianças. Todas na escola. O Paulinho já vai este ano para o 5º ano, o Émerson para o 4º ano e a Daiane para o 3º ano. E vão bem, graças a Deus. O melhor de tudo é que a mãe vai a todas as reuniões da escola, sem reclamar. Quando ela não pode, o Rogério vai.

Um ventinho gostoso estava começando a aparecer. Não era vento bom pra pipa. Se aquele menino ainda estivesse aqui, não ia conseguir empiná-la do mesmo jeito... Mas era um vento gostoso, vento de final de tarde, que me fazia muito bem.

Ainda tenho vontade de fazer Engenharia. Não vou falar que isso não é coisa pra mim, que nunca vai ter jeito, como eu fazia naquela época. Depois de tudo que eu passei, de tudo que eu aprendi, sei que posso continuar sonhando com isso. Sonhando e lutando, é claro, que só sonhar também não resolve nada.

A dona Lúcia sempre me dizia que eu poderia fazer tudo o que eu quisesse, era só lutar com bastante força, com muita vontade. Eu me lembro bem disso. Acho mesmo que nunca vou esquecer.

E era exatamente isso que eu estava fazendo. Escolhendo o meu caminho. Lutando para ser feliz.

A AUTORA

Nome completo
Tânia Alexandre Martinelli

Local e data de nascimento
Americana (SP), 19 de julho de 1964

Cidade onde reside
Americana

Estado civil
Casada

Filhos
Duas: Fernanda e Giovana

Profissão
Escritora e professora de Português

Formação acadêmica
Letras, pela PUC-Campinas

Sempre soube que o que eu mais queria fazer na vida era escrever. Muitos caminhos que eu percorria me apontavam a literatura.

Lembro que numa das viagens que fiz de carro para o Sul, com a minha família, levei no colo um caderno e uma caneta. Ia distraída e feliz, sem ver o tempo passar, fazendo poesias com os nomes das cidades que eu lia nas placas da estrada.

Eu tinha treze anos, mas antes mesmo disso eu já havia descoberto a poesia. Eu adorava escrever. Na escola, fora da escola, onde fosse. Pena ter sumido o meu primeiro caderno de poemas!

Depois, foi a vez de optar por uma carreira. O vestibular, que até hoje deixa tanta gente maluca, também foi responsável por alguns nós em minha cabeça. Eu pensava, pensava, pensava, mas o que me vinha à mente era uma coisa só: escrever, escrever, escrever!

Foi assim que optei por Letras. Não havia nada que pudesse me deixar mais feliz do que estar envolvida com literatura.

Na faculdade, conheci mais alguns amigos escritores. Era bom demais estar com eles, conversar e respirar literatura. Até arriscamos uma encenação com as poesias de Fernando Pessoa no Shopping Center Iguatemi de Campinas. Depois, brindamos com vinho do Porto e tudo!

Naquela época, ganhei alguns concursos de poesia. No Diretório Acadêmico da faculdade, na Biblioteca de Souzas e dois aqui mesmo, em Americana. Um deles, em 1988, foi promovido pelo Departamento de Cultura e Turismo. Para minha felicidade, tive as três poesias que concorriam premiadas e publicadas num livro.

Acabei optando por lecionar Português, e o contato com os adolescentes foi muito importante, pois teve grande influência na minha literatura. Deixei a poesia de lado e passei a escrever para o público infantil e juvenil.

Em 1993, comecei a enviar as minhas histórias às editoras, mas foi só em 1998 que obtive a minha primeira publicação — o livro infantojuvenil *Violeta*.

No começo, tive muitas dúvidas se o meu caminho era realmente este. Tão difícil, tão cheio de entraves! Mas assim mesmo não deixei de lutar. Houve, sim, alguns breves intervalos, em que eu procurava pôr na minha cabeça que literatura talvez fosse apenas um *hobby*.

Claro que hoje nem penso nisso! A literatura é o meu trabalho, é a vida que escolhi para mim e, acima de tudo, é o que eu mais adoro fazer!

Um beijão!

Tânia A. Martinelli

**COTIDIANO
entre linhas e letras**

A RUA É MEU QUINTAL

TÂNIA ALEXANDRE MARTINELLI

ROTEIRO DE LEITURA

Aos 13 anos, Bruno mora com a mãe, dona Helena, e mais três irmãos pequenos, filhos de um padrasto que os abandonara, assim como o seu pai o fizera anos antes. Para sobreviver e sustentar a família, Bruno pede esmolas nas ruas, atribuição que lhe é dada pela mãe. Ele deixa de ir à escola sempre que dona Helena lhe pede. Por essa razão, ainda cursa o 6º ano, pela terceira vez, apesar das pressões de dona Lúcia, a professora de Português, para que não falte tanto e pense no futuro, em ter uma profissão. Somente com o passar do tempo e a ajuda da querida amiga Marcela, ele reconhece o valor dos estudos e luta por uma vida melhor.

Aos 18 anos, muita coisa muda para Bruno, e ele tira, da infância difícil que passou, uma grande lição de vida.

POR DENTRO DO TEXTO

Enredo

1. Frequentar a escola, que para muita gente era "a coisa mais normal do mundo", para Bruno era algo bastante complicado, pois era obrigado a faltar, a fim de pedir esmolas nas ruas para sustentar a família. Quando ele desanimava e dizia à mãe que ia desistir de estudar, ela lhe respondia que fizesse o que quisesse. E ele acabava desistindo.
   Reflita sobre esse poder de decisão que a mãe dava a Bruno e responda:

   a) Você também o possui?

   b) Que possíveis consequências esse poder acarreta à personagem?

2. "Fui até o campinho de que falei. Era o lugar em que gostava de correr e de me sentir livre. Livre. Pelo menos por um momento."
   Embora não tivesse obrigação de estudar, nota-se que Bruno não se sentia livre. Quais são, na sua opinião, os obstáculos que o impediam de ter esse sentimento?

3. "Olhei pra mãe com ódio. Senti raiva pela primeira vez. Poxa! Sempre fiz o possível para ser compreensivo, mas vender a minha pipa! Era a única coisa só minha, de mais ninguém! E ela agora tinha virado comida!"
   Sobre esse trecho envolvendo Bruno, sua mãe e a pipa, comente:

   a) A atitude de dona Helena, a mãe.

Espaço e tempo

10. Entre o sonho de Bruno de tornar-se engenheiro e a sua dura realidade de menino pobre, há um grande abismo. Esse abismo se revela também na descrição de dois espaços: o primeiro, o *espaço ideal* (relacionado com o sonho); o segundo, o *espaço real* (o lugar onde morava). Fale sobre isso.

_____

_____

_____

_____

_____

_____

11. A maior parte da história se passa quando Bruno tinha 13 anos e fazia o 6º ano pela terceira vez, tempo que é relembrado no presente, quando ele tem 18 anos, por meio de um recurso narrativo chamado *flashback*.

Reflita e assinale a resposta certa:

a) Com o transcorrer do tempo, as mudanças significativas que o texto menciona ter havido na personagem foram mais de caráter:

(   ) físico.   (   ) psicológico.

b) Essas mudanças decorreram:

(   ) apenas do passar do tempo.

(   ) de desejos internos e forças externas.

(   ) de forças externas.

Linguagem

12. Um dia, Bruno descobriu por acaso que Marcela morava no seu bairro. Conversaram muito. Uma simples palavra que ela disse lhe chamou muito a atenção. Leia o trecho a seguir:

"— Ah... Eu não sou de sair muito e também não faz muito tempo que estou morando aqui. Um mês e pouco mais ou menos... Ah! Desde que eu comecei a estudar na nossa escola.

Nossa escola! Era legal ouvir falar 'nossa' escola!"

Observe que o pronome possessivo *nossa*, referindo-se à escola, empregado por Marcela, deixou Bruno contente. Por que você acha que o emprego dessa palavra teve esse poder?

_____

_____

_____

_____

13. Numa das referências feitas à sua mãe, Bruno disse:
"Ela era cabeça-dura. Quando enfiava uma coisa na cabeça, não mudava de ideia nem com vela acesa!".

   a) O que ele quis dizer com a expressão "nem com vela acesa"?

   b) A expressão "ser cabeça-dura" significa não mudar de ideia, ser teimoso. Há muitas expressões populares que se referem ao modo de ser, ao caráter das pessoas. Faça uma lista dessas expressões que você conheça, explicando o seu significado. Ex.: ter o coração de manteiga (ser facilmente dominado pelo sentimento de pena).

DO TEXTO AO CONTEXTO

14. Bruno tenta defender Marcela ao tomar conhecimento de que os amigos, mal a conhecendo, tinham achado a garota antipática. Diz: "É que muitas vezes conheci pessoas que, à primeira vista, achei bacanas e na verdade não eram; que achei insuportáveis, mas depois fui descobrir que eram superlegais". Converse com diversas pessoas e tente comprovar ou não esta tese de Bruno. Anote o que disserem. Procure descobrir alguma história interessante a esse respeito. Convide seus colegas a fazer o mesmo e, por fim, discutam sobre o que pensam do preconceito (pré-conceito = conceito, julgamento prévio).

15. Bruno ficou sabendo, por intermédio de dona Lúcia, que os pais têm deveres para com os filhos, como o de matriculá-los e mantê-los na escola. Informe-se sobre os princípios VII e IX da Declaração Universal dos Direitos da Criança e relacione-os com o que acontece com os pais e os filhos desta história.

16. O Conselho Tutelar é um órgão que atua paralelamente à Vara da Infância e da Juventude e existe em muitas cidades. Por intermédio de seus conselheiros, exige o cumprimento do Estatuto da Criança e do Adolescente. Procure saber se em sua cidade há esse ou outro órgão com o objetivo de proteger a criança e o adolescente e, com a ajuda de seu professor, convide um de seus membros para fazer uma palestra à classe. Ao final, façam perguntas ao palestrante.

17. Como funcionam os hospitais públicos, os postos de saúde, o fornecimento de remédios às populações carentes? Pesquise sobre o assunto em jornais, revistas, na Internet. Entreviste médicos, pessoas que usam esses serviços públicos e promova um debate em classe para refletirem sobre o papel do governo com relação à saúde da população.

OUTROS TEXTOS, OUTRAS LINGUAGENS
(Música e Literatura)

18. No CD *Canção dos direitos da criança*, lançado pela gravadora Movie Play do Brasil, você conhecerá dez princípios da Declaração Universal dos Direitos da Criança, além de poder cantar com diversos intérpretes da MPB as músicas inspiradas nesses princípios, compostas por Toquinho e Elifas Andreato. Ouça-o e curta-o. Vale a pena!

19. 'Areia Branca' é uma crônica de Carlos Drummond de Andrade sobre garotos pedindo esmola. Está no livro *A bolsa e a vida*, publicado pela Editora Sabiá, em convênio com o Instituto Nacional do Livro – MEC. Você gostará de lê-la e, talvez, dela tirar ideias para uma pecinha de teatro.

20. No livro *Sanduíches de realidade*, de Arnaldo Jabor, publicado pela Editora Objetiva, o texto 'Entre a esmola e o assalto, o coração balança', que você poderá ler em classe com a ajuda do professor de Português, é uma boa dica para discussões mais profundas sobre o ato de dar esmolas.

ATIVIDADES INTERDISCIPLINARES
(Sugestões para Geografia, Ciências, Matemática e Artes)

21. Num país extenso como o Brasil, é muito comum o deslocamento de pessoas, tanto das zonas rurais em direção aos grandes centros como de uma cidade para outra mais desenvolvida, à procura de emprego e de melhores condições de vida. Em *A rua é meu quintal*, a família de Marcela vive essa situação; eles estão sempre se mudando, em busca de um emprego melhor para o pai. Discuta com seus colegas de grupo quais são as consequências negativas que as migrações internas podem acarretar para uma criança/jovem em idade escolar e para os habitantes das cidades grandes.

b) Interprete esta frase da personagem, relacionada com o assunto em questão: "Às vezes me sentia um ET".

7. Leia esta passagem: "Ora, se a mãe podia sair com os manos pequenos pra fazer sei lá o que na rua, por que é que não podia trabalhar? Como é que ela tinha tanta dor na perna, e isso ela reclamava todo santo dia, se ela ficava andando por aí, às vezes a tarde inteira?".
Pense e responda:

a) Que característica(s) Bruno demonstra ter, considerando-se estas reflexões?

b) Sabendo do desenvolvimento da história e da mudança de dona Helena, qual você acha que era realmente o maior problema dessa personagem? Era físico ou psicológico?

8. A partir do diálogo abaixo, atribua características psicológicas ao Bruno e à mãe. Note que são características que se opõem.
"— O Paulinho não, mãe! É muito pequeno! Um carro pode até pegar ele quando for atravessar a rua e...
— Fica sossegado, Bruno. Vai pra tua escola que o Paulinho, graças a Deus, ainda não tá na idade. Depois que chega a hora, vira esse inferno!"
Bruno:

Mãe:

9. Avalie a importância das seguintes personagens na vida de Bruno:

a) Marcela —

b) Dona Lúcia —

b) A raiva que Bruno sentiu de dona Helena.

_____
_____
_____
_____

4. "Aí a dona Lúcia disse, na maior calma do mundo:
— Eu gosto de você, Bruno. Eu gosto de você.
Ai, meu Deus! Sabe que eu acho que nunca ouvi isso nem da minha mãe? O que é que eu ia fazer? Voltar correndo e dar um abraço nela?"

Percebe-se, nessa cena, que Bruno ficou bastante confuso ao ouvir a declaração da professora de Português. Isso se deveu, principalmente, ao fato de:

(   ) d. Lúcia ser muito mais velha do que ele.

(   ) declarações de amor não fazerem parte de seu dia a dia.

(   ) essa declaração partir de alguém de quem ele não gostava.

5. Conversando com Bruno a respeito de dona Helena, Marcela lhe disse: "Se a sua mãe arrumar um trabalho, conhecer novas pessoas, se envolver com alguma coisa que ela goste de fazer, tenho certeza de que ela vai ser mais feliz".
Nessa fala, Marcela revelou, principalmente, a opinião de que:

(   ) ser feliz é relacionar-se bem com os outros.

(   ) conhecer novas pessoas é bom.

(   ) fazer um trabalho de que se goste ajuda a ser feliz.

Personagens

6. Com relação ao ato de ir à escola e conviver com seus colegas, Bruno reflete:

"Quando estava ali, conversando, jogando bola ou fazendo qualquer outra coisa com os meus amigos, eu me sentia feliz. Eu me esquecia de tudo. Da minha vida lá fora, da mãe que não tinha trabalho... de tudo. Eu me sentia igualzinho a eles. Às vezes achava que era mesmo. Às vezes me sentia um ET".
Analisando essas ideias e outras passagens do texto em que Bruno menciona a escola, faça o que se pede:

a) Na sua opinião, Bruno gostava ou não de ir à escola? Explique.

_____
_____
_____
_____
_____

22. Bruno e seus irmãos menores comiam o que ganhavam como esmolas. No entanto, sabe-se que, para um bom desenvolvimento físico e mental da criança, uma alimentação bem equilibrada é fundamental. Em grupo, procure informações sobre esse assunto e dê uma aula para a classe, ilustrando-a com cartazes, vídeos etc.

23. Fazer e soltar pipas é uma atividade que encanta crianças, jovens e adultos. Seria interessante montar uma oficina de pipas em uma aula de Matemática, pois, para compor o formato de uma pipa, conhecer um pouco de Geometria é fundamental. Provavelmente algum colega de classe seja craque no assunto. Combinem, comprem o material e... mãos à obra!

24. Que tal criar uma peça de teatro com personagens parecidas com as desta história, ou representar *A rua é meu quintal* com as adaptações necessárias para que se transforme em um texto teatral?

25. Há situações e momentos em que nos sentimos esquisitos, deslocados. Bruno diz: "Às vezes me sentia um ET". Procure representar, por meio de um desenho de sua autoria, essa sensação que, com certeza, você também já teve. Promova uma exposição dos trabalhos da turma.

SUGESTÕES PARA REDAÇÃO

26. Narre um fato em que você seja o protagonista, inspirando-se neste trecho da história: "Quando queria pensar, descansar, esquecer, enfim, sonhar, eu pegava a minha pipa e vinha pro campinho. Acho que ela sempre foi uma desculpa para eu poder voar, deixar o vento carregar meu pensamento lá pro céu". (Obs.: O objeto pode ser outro.)

27. Como se fosse Bruno, depois de cinco anos passados e com a consciência de seus 18 anos, escreva uma carta à professora Lúcia, em agradecimento pela sua insistência em que ele não desistisse da escola.

28. Veja esta observação de Bruno: "A mãe ainda achava que quem tinha obrigação de sustentar a família era o homem. Sei lá quem enfiou essa ideia na cabeça dela".
Reflita e escreva um texto colocando seus argumentos a favor ou contra a opinião de dona Helena, expressa nessa fala do narrador.

ENTREVISTA

Para ser o herói desta história, Bruno não teve, como o Super-Homem, a ajuda de fantásticos poderes. Teve, sim, que batalhar duramente contra suas condições de vida.

Vamos conhecer um pouco das ideias de Tânia Martinelli, a escritora que criou essa personagem?

O que a levou a fazer de um menino tão pobre e sofrido o protagonista da sua história?

Fui professora durante oito anos numa escola de periferia da minha cidade. E foi lá que conheci muitas crianças e adolescentes que tinham a vida muito parecida com a de Bruno. Crianças também muito pobres e sofridas, que, como ele, faltavam à escola para pedir esmolas quando a mãe mandava. Porém, a história de *A rua é meu quintal*, como ficção que é, foi criada por mim. Principalmente no que se refere à mudança de vida de Bruno. É o que eu gostaria que realmente acontecesse com todas as crianças.

A responsabilidade sobre a criação dos filhos cabe aos pais. No entanto, neste texto, apenas dona Helena parece ser a vilã, pelo fato de, para sobreviver e sustentar os filhos, exigir que eles pedissem esmolas, nada fazendo para reverter a situação. Por que o pai e o padrasto de Bruno parecem não ter sido responsabilizados pelas condições de vida da família?

O pai e o padrasto de Bruno abandonaram dona Helena e os filhos quando ainda eram bem pequenos. Claro que eles também têm responsabilidade por tudo de negativo que aconteceu a partir daí com Bruno e sua família. Mas, nesse caso, como apenas a mãe ficou com os filhos, a responsabilidade maior recaiu sobre ela, pois era a única pessoa adulta presente, e, por isso, a única com capacidade para tentar modificar a situação de miséria em que a família vivia.

Bruno disse que, quando pedia esmolas, algumas pessoas davam de boa vontade e o olhavam com pena e sentimento de culpa. Achava que elas se sentiam melhores por

dar alguma coisa. Você concorda que dar esmolas alivia a consciência de algumas pessoas mais bem situadas nessa sociedade tão injusta? Você é a favor do ato de dar esmolas?

Acredito que algumas pessoas, ao dar esmolas, sentem-se melhores, mas somente aquelas que ainda não têm consciência de que esse ato não resolve em nada o problema da miséria. Ao contrário, pode até piorar, pois muitas crianças podem começar a ver a atividade de pedinte como um meio de vida. É por isso que sou contra. Acredito muito mais no trabalho educativo, de orientação, que mostre outros caminhos para melhorar de vida.

Dona Lúcia e a direção da escola em que Bruno estudava agiram com perseverança e determinação, tomando medidas para que o garoto continuasse seus estudos. Será que professores e diretores, fora da ficção, levam casos como esse tão a sério?

Sem dúvida alguma. A maioria dos professores se preocupa muito com a vida de seus alunos, dentro e fora da escola. Sei que muitos deles, juntamente com a direção e o Conselho Tutelar, agem com muita determinação para que problemas como o de Bruno, por exemplo, tornem-se mais raros. Não que possam resolver tudo, principalmente os problemas de ordem social, mas procuram ao menos assegurar aos alunos o direito de frequentar a escola como qualquer outra criança.

Em sua opinião, o Conselho Tutelar é um órgão que atua bem na defesa da criança e do adolescente?

No caso do Conselho existente em meu município, sim. O Conselho Tutelar é o órgão encarregado de fazer com que os direitos da criança e do adolescente sejam respeitados e cumpridos. Muitas coisas têm mudado, principalmente após a promulgação do Estatuto da Criança e do Adolescente. Hoje, dificilmente uma criança fica fora da escola sem que o Conselho tome conhecimento do fato e adote as providências para que ela volte a frequentar as aulas. Isso acontece não apenas com os direitos relacionados à escola, é claro, mas com tudo o que possa estar relacionado à vida da criança e do adolescente.